RE-INCARNATION

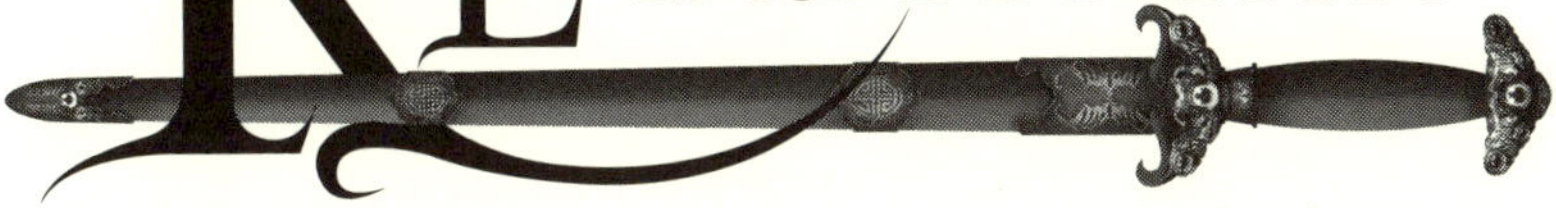

リインカーネーション

西田大輔

論創社

*目次

リインカーネーション

登場人物

諸葛亮孔明《しょかつりょうこうめい》……蜀《しょく》の劉備の元にいる軍師。天下を取る才の代わりに、触れた人を殺すという業を背負う。

趙雲子龍《ちょううんしりゅう》……蜀の劉備配下。腕が立ち部下の信頼も篤い。劉備の妻・甘婦人に密かに想いを寄せる。

張郃儁乂《ちょうこうしゅんがい》……袁紹《えんしょう》配下だったが、戦に負け魏《ぎ》の曹操の元にくだる。殺さなければならないという業を背負う。

夏侯惇元譲《かこうとんげんじょう》……魏《ぎ》の曹操配下。曹操とは幼馴染。片目に眼帯をしている。

劉備玄徳《りゅうびげんとく》……蜀の主君。庶民の出生で、人望だけで主君になる。悪い予感がすると体が震えだす。

夏侯淵妙才《かこうえんみょうさい》……魏の曹操配下。少女の様な風貌だが口が悪い。新しい知識に出会うと感銘を受ける。

甘夫人《かんふじん》……蜀の劉備の妻。生まれたばかりの子・阿斗《あと》を愛する心正しき婦人。

張飛益徳《ちょうひえきとく》……蜀の劉備配下。単純だが義に篤い。方向音痴。

黄忠漢升《こうちゅうかんしょう》……荊州《けいしゅう》の劉表配下。「老」黄忠の名で知られる。喧嘩っぱやい。

虫夏《はか》……孔明に業をつける実体なき者。自分を「誰か」だと名乗る。

許褚仲康《きょちょちゅうこう》……魏の曹操配下。曹操から言葉を教えてもらっている少年。怪力の持ち主。

張遼文遠《ちょうりょうぶんえん》……魏の曹操配下。元は呂布《りょふ》に仕えていた。曹操の命を狙っている。

劉表景升《りゅうひょうけいしょう》……荊州の主君。病弱でいつも咳き込んでいる。病を会談につかう食えない政治家。

劉琮《りゅうそう》……劉表の息子。父亡き後、荊州を引き渡し官職を得ようとしている。劉表と顔が似ている。

劉琦《りゅうき》……劉表の息子。父亡き後、荊州を守りたいと思っているが己の力不足も自覚している。劉表と顔が似ている。

曹仁子孝《そうじんしこう》……魏の曹操配下。曹操の幼馴染。常に怒っている。口癖は「馬鹿もんが！」

楽進文謙《がくしんぶんけん》……魏の曹操配下。小さい。

荀彧文若《じゅんいくぶんじゃく》……魏の曹操の元にいる軍師。変わった風貌だが迅い決断力を持つ。

魯粛子敬《ろしゅくしけい》……趙雲の元に現れ、劉備軍の幕下に加わることを志願する謎の男。

蒯越異度《かいえついど》……荊州の宰相。劉表に仕える。

関平《かんぺい》……蜀の劉備配下。父から劉備を守るように言われているが、弱い。

蔡瑁徳珪《さいぼうとくけい》……荊州の劉表配下。

于禁文則《うきんぶんそく》……魏の曹操配下。
曹純子和《そうじゅんしわ》……魏の曹操配下。
李典曼成《りてんまんせい》……魏の曹操配下。
文聘仲業《ぶんぺいちゅうぎょう》……魏の曹操配下。
曹洪子廉《そうこうしれん》……魏の曹操配下。
周倉《しゅうそう》……蜀の劉備配下。
夏侯恩子雲《かこうおんしうん》……魏の曹操配下。
曹休文裂《そうきゅうぶんれつ》……魏の曹操配下。
蒯良《かいりょう》……蒯越亡き後の、荊州の宰相。蒯越と顔が同じ。
張允《ちょうりょう》……荊州の劉琮配下。
曹操孟徳《そうそうもうとく》……魏の主君。迅さをもって中華を手に入れようとする男。

——舞台は、一人の天才と、一人の龍の子供から始まる。

これは、いつかの時間、何処かの国での、誰かの物語。
現代なのか過去なのかはたまた未来なのか。
飲み干す酒に、毒を盛られた天才軍師。
それは不幸か、降伏か。
答えは、天が知ってゐる。
天が選んだ9人のものが知ってゐる。
業を背負った、ひとりの物語。
業を追えるか、朽ち果てるか。
答えは、天が知ってゐる。
——もしくは——と、龍の子供が笑っている。

「生まれ変われたらね」。

PROLOGUE

舞台まだ暗い。さっきまで鳴り響いていた軽快な音楽は鳴りやみ、辺りは深い闇に包まれる。

水滴の音が波紋のように木霊している。

ひとつひとつ、ゆっくりと大きくなる波紋はやがて雨になり、豪雨となっていく。

豪雨の中、「誰か」の声が木霊している。

誰か　天から雨水に乗るように。この世にやってきたんだよ。あんたの名を教えたげるよ。ほら、思い出してきたよ段々と。教えたげるよあんたの名。ひとつの天にひとつだけ。ひとつの生にひとつだけ。あんたが背負って捨てるのさ。あんたの名を教えたげるよ。天下の下にいる名だよ、龍生九子《りゅうせいきゅうし》の子供だよ。生まれ変わるは……

一人の男が天を見上げている。

名は、「諸葛亮孔明《しょかつりょうこうめい》」。

孔明は誰かに向かってふと呟く。

孔明　またおまえか……。

頭上から孔明を見ているのは、「誰か」である。

誰か　そうだよ。何度も何度も現れる。
孔明　何の為に？
誰か　あんたが必要だからさ。あんたの為に、ここに来る。
孔明　呼んではいないよ。
誰か　いずれ呼ぶから来てるのさ。今はなくともいずれ呼ぶ。
孔明　……名は？
誰か　何が？
孔明　お前の名だ。
誰か　誰かだよ。それをあんたが見つけるのさ。
孔明　……。

孔明は杯を手に取ると、「誰か」は嬉しそうに、

誰か　それを飲むのかい？
孔明　ああ。

誰か　毒を盛ったけど……それを飲むのかい？

孔明は静かに盃を飲み干そうとする。

「誰か」は、静かに手を上にあげると、孔明はその手を下げていく。

孔明は、操られている。

誰か　それがあんたの器だよ。盃の中身は飲み干したさ。

孔明　……名は？

誰か　虫夏《はか》。まあとりあえず、そう呼んでくればいいや。龍生九子のひとつだよ。天の龍様《りゅうさま》の七番目の子さ。

孔明　その子につけまわされる覚えはないが。

誰か　あるんだよ。天の龍様があんたを選んだから。

孔明　信じると思うかい？

誰か　あんたが旅すりゃ分かるのさ。信じないのは、勝手だよ。

孔明　……。

誰か　天の龍様が選んだんだ。この地上では、ひとつ業を背負ってもらうよ。

孔明　何故？

誰か　あんたが天下を取るからさ。

雷鳴が鳴り響いていく。
雨が更に強く降り始め、豪雨になる。

誰か　天下の才と引き換えに、あんたは業を背負うのさ。信じないのは勝手だよ。

孔明は静かに「誰か」を見つめている。

誰か　あんたは欲を隠してる。心の何処かに隠してる。天がその手にあることを、知っているから。

孔明　そんな事はないさ。

誰か　ならば飲み干せその酒を。この世の全てが終わるから。

飛び込んでくる一人の若武者。
名を、「趙雲子龍《ちょううんしりゅう》」。

趙雲　孔明殿。

孔明　どうされた?

いつの間にか雨は降りやんでいる。

趙雲　曹操軍は袁紹軍の残党を完全に撃破し、その勢力を我らに。我が軍も精鋭を残し、ほぼ全滅です。
孔明　劉備殿は？
趙雲　決死の勢いで、荊州に逃げ込んでおります。どうかご指示を。
誰か　ほら、早く。
孔明　……。
誰か　天下の才を揮うのさ。業の代わりに背負うのさ。
趙雲　この選択次第では、我が軍は全滅いたします。孔明殿、今はあなたに頼る他はありません。それまで、私が皆を命に代えて守ります。

叫んでいる一人の猛者。
名を、「張飛益徳《ちょうひえきとく》」。

張飛　やべええ!!　こりゃあやべえええぞ!!

張飛がその場に飛び込んでくる。

張飛　趙雲!!　相当いる!!　こりゃあとんでもねえ戦になるわ!!

趙雲　劉備様は？
張飛　隠れてるけどやべえぞ。相当ガタガタしてるから‼　あのガタガタ半端ねえ‼
趙雲　……分かった。
張飛　表はやっといた。六〇〇ぐらいは斬ったぞ。流石に疲れたわ。
趙雲　孔明殿。策が浮かばないのであれば、その間は私が劉備様を。
張飛　孔明さん‼　早くどうすりゃいいか教えてくれよ。勝手に動くと趙雲に怒られるんだ‼
誰か　飲み干すのか、揮うのか。でなきゃ私も帰れない。
張飛　孔明さん‼
孔明　趙雲殿、全軍で荊州へ向かう準備を。
趙雲　では……
孔明　劉表様の元へ頼るのが一番いい。劉の末裔を、無下には扱えないだろう。
張飛、兵五百で江南を守りなさい。その道以外は奪われるだろうから。
張飛　分かったあ‼
孔明　趙雲殿は、甘夫人の傍で護衛を。
趙雲　前線へは……
孔明　なんとかなるだろう。私も向かうから。
趙雲　……。
孔明　守りたい命を守る。それができなければ、国など興せませんよ。
趙雲　……分かりました。

趙雲がその場を走り去っていく。
「誰か」は、笑い出す。

誰か　天の龍様が笑ってる。そろそろ行くよ。また来るよ。
張飛　よっしゃあ、いっちょやったりますか!!

張飛が孔明の盃を手にし、飲み干そうとすると、

孔明　……飲むな!

驚く張飛は盃を落とす。

張飛　え……あ、すいやせん。
誰か　信じる信じないは勝手だよ。だけどあんたは旅をする。
張飛　なんだ……孔明さんって、怒る事あるんだなぁ……びっくりした。酒好きなんだね。

「誰か」に張飛は気づいていない。
孔明は「誰か」に向かって、

孔明　……私の業は……？
張飛　え？
誰か　触れるものを殺すのさ。あんたは言葉と引き換えに、触れる誰かの命を奪うのさ。
孔明　……。

雨が強く降り始めていく。

張飛　どうしたの孔明さん。
誰か　なんならそいつに触れてみるかい？
張飛　ん、まあ行ってくるわ。この張飛の一騎当千、見ておけい‼

張飛が気前よく孔明に触れようとすると、孔明は扇子でその手をはじく。
驚く張飛。
雨はいつの間にかあがっている。

張飛　あ、すいやせん……まだ怒ってる？　ちょ……行ってきます‼

張飛が飛び出していく。

雨がぽつぽつと降り出してくる。

孔明　これは……本当の雨だね……。
誰か　そうみたいだね。
孔明　ふたつ……
誰か　何？
孔明　龍生九子と言った。
誰か　そうだよ、私は七番目の子さ。
孔明　では……
誰か　な、あ、に？
孔明　いや、やめておこう。

歩き出す孔明。

誰か　もうひとつは何さ？
孔明　……私が業を終える日は来るのかい？

「誰か」ははっきりと答える。
雷鳴が鳴り響く。

その雷鳴の中、孔明を中心に二つの光。
ひとつは、土下座をして震えている男。
名を、「劉備玄徳《りゅうびげんとく》」。
いまひとつは、首元に刀を突きつけられる女。
名を、「張部儁乂《ちょうこうしゅんがい》」。
二人は誰かと話している。

誰か　生まれ変われたらね。

音楽。
戦場を目まぐるしく駆け上がっていく猛者達。
趙雲が必死に戦っている。
趙雲を見つめながら赤子を抱える甘夫人《かんふじん》がいる。
夏侯惇《かこうとん》、夏侯淵《かこうえん》が幾多の敵を斬り裂いていく。
奮戦する張飛。
相対していく許褚《きょちょ》。
劉表《りゅうひょう》を守りながら奮戦する黄忠《こうちゅう》。
舞台は登場人物を彩りながら、力強く始まっていく。
——戦乱。

曹操《そうそう》が劉備軍を業火のもとに焼き、戦場は焼け野原と化している。
横たわる死体の群れ。
その地に孔明が降り立ち、見つめている。
兵士の一人が、息も絶え絶えに孔明を見つけると、手を伸ばす。

兵士　孔……明……様。

孔明にしがみつく兵士。
――その瞬間、ひとりの女が兵士の体に刀を突き刺す。
息絶える兵士。

張部　……。

張部を見つめる孔明。
虫夏がいつの間にか、孔明の後ろにいる。
雨が強く降り続けている。

ACT I　荊州

暗闇の中突然の叫び声。

声　劉表殿——!!

飛び込んでくる声の主は、劉備である。
場面は、荊州へと移り変わる。

劉備　頼む!!　頼む頼む頼む——!!　助けてくれ!　な!　助けてくれ助けてくれ!!

寝室で横たわっている男は「劉表」。
咳をしている。
傍らには、一人の宰相。
名を、「蒯《かい》越《えつ》異《い》度《ど》」。

蒯越　劉備殿。
劉備　俺を匿ってくれ!!　この荊州に俺を置いてくれ。そうでねえと、本当に大変な事になるんだ。あんたも天下の器量だ。今の曹操がどんだけの力を持ってるかぐらい分かるだろ。

劉表は咳をしている。

蒯越　劉備殿。ご覧の通り、劉表様は病床の身……
劉備　同じ劉の姓を持つ末裔同志じゃねえか。ここを助け合わねえと、漢帝国の復興なんて出来るわきゃあねえ。
蒯越　今は分かって頂きたい。
劉備　民草の為だ!!　これ以上あいつらが戦のねえ国造りをしてえんだよ。この世に一番大事なのは民草なんだ。

劉表の咳が段々と大きくなっていく。
何気にうるさい。

劉備　俺はあいつらを助けてえんだよ。その為に俺がこれ以上表に出たら、助からねえんだ。曹操の野郎に焼け野原にされちまうんだ。あいつらが食うものに困り、家族を売り払わなきゃならん苦労を知ってるか？　俺は蓆《むしろ》を売って暮らしてたから分かるんだ。俺も民草の一人なんだよ。だから分か……

劉表の咳が本当にうるさい。

劉備　うるせえな‼　喋ってんだろうが‼

蒯越　な……‼　なんという暴言を吐かれるか……！

劉備　俺が何言ってるか分からねえんだもんよ。

蒯越　この荊州の太守であるぞ‼

劉表軍がその場に颯爽と現れる。
劉備の傍らには、「関平《かんぺい》」と呼ばれる配下がいる。
構える関平。

劉備　手出すなよ。

関平　私は父からあなたの命を守るようにと……。

劉備　手出すな‼

突然劉表が兵士を遮る言葉を発する。

劉表　いい……皆の者、やめなさい。

咳をしながら、ゆっくりと起き上がる劉表。

蒯越　劉表様……。
劉表　……劉備殿、貴公の必死の嘆願にも関わらず、我が身の病がそれを遮ってしまった事、遺憾に思う。一言謝っておこう。ごめんね。ひとつ、民草ではない、民だ。そのように言ってはいけない。彼らも同じ人間、私はそれを分かっている君主のつもりだ。
劉備　劉表殿、じゃあ……

咳をしている劉表。

劉表　出来る事なら、君と共に立ち上がり、漢帝国の名の元に逆臣・曹操を討つ名乗りを挙げたいぐらいだ。だがしかし、私の体を蝕んでいるこの病では、君の足手まといになる。

咳を大きくあげながら、今にも倒れそうな劉表。

劉備　劉表殿……！
劉表　匿ってやりたい……だが……自分でも分かってる……もう長くない事を……いや、もう既

兵士　に……君を匿ってやる事も……できな……うっ……あああ!!
劉……!!

劉表は叫び声と共に横たわる。
が、同時に勢いのある声と共に、男が入ってくる。
名を、「黄忠漢升《こうちゅうかんしょう》」。

黄忠　騒ぐんじゃねえぞ!!　落ち着いてろ!!　荊州がひよったと思われるだろうが。
蒯越　黄忠殿……。
劉表　……。
黄忠　何の騒ぎだ蒯越こら。
蒯越　いや……今しがた劉備殿が……
黄忠　おまえがしっかりせんからこういう事になるんだぞ。そうですよね、御大将。

それとなく誤魔化すように、咳をする劉表。

劉表　……そうだな。
黄忠　下がれ。で!?

兵士を下がらせ、劉備を睨みつける黄忠。

蒯越　劉備殿がこの荊州を頼られた。曹操軍の進撃が収まるまで、ここに匿ってほしいと。

黄忠　寝言抜かしてんじゃねえぞ劉備玄徳。負け戦を呼び込むおまえを入れて誰が得するってんだこら。

構える関平。

劉備　手出すな。

関平　私は父よりあなたの命を……

劉備　いいから。民草の為に言ってんだ。

黄忠　俺らの民は俺らで守る。てめえの民はてめえで守れ。

劉備　それが出来たらこんな所に来やしねえんだよ。

黄忠　本音が出たなこの野郎。

劉備　おまえ俺が誰だか分かって言ってんのかこの野郎。

黄忠　ほら吹きの劉備玄徳だろ。人徳だなんだっつって民草たぶらかしてる蓆売りだろ。

劉備　俺の元にはあの関羽《かんう》がいるぞ。死にてえのか?

黄忠　ぶち殺してやるよ。

劉備　張飛もすぐそこにいる。

黄忠　それがどうした？
劉備　趙雲の腕知ってるか？
黄忠　それがどうした？
劉備　なんといっても孔明がいるぞ。
黄忠　だからどうしたって言うんだよ。
劉備　おまえ誰だ。
蒯越　我が劉表配下、黄忠殿です。
劉備　黄忠って……あの黄忠か？
蒯越　はい。
黄忠　だからどうしたんだよ？　さっさと化けの皮はがしてやるよ。

構える関平。

劉備　関平。
関平　止めても無駄です。私は……
劉備　手出せ。
関平　え？
劉備　早く出せ危ねえだろうが‼

関平が向かうが黄忠に軽く蹴散らされる。

関平　私は父からあなたの命を守るようにと。
劉備　説得力ねえよ。
劉表　黄忠‼　その辺にしておきなさい。
劉備　劉表殿……。
劉表　荊州の歴戦に老黄忠あり……それが我が配下の名だ。一筋縄ではいかん。だがこの男がいる限り、この荊州は不屈を以って……
黄忠　うるせえ‼
劉表　……。
劉備　止まらねえのかよ‼
劉表　止まらないんだ。
蒯越　黄忠殿、今はこんな事をしてる場合では……
黄忠　こういう輩に教えてやらんといかんだろ。国ってのは、病を入れると腐る。
劉備　張飛‼

張飛が飛び込んでくる。

張飛　あいよ――‼　兄ぃ‼　なーにしてんだてめぇ‼

黄忠　見て分かるだろ青二才。
張飛　てめえこのやろう‼

張飛と黄忠が相対し、構える。
二人が対峙する瞬間――。

劉備　あいやわかった‼　すまん‼　すまんすまん‼　黄忠さん申し訳ねえ……‼　この通りだ‼
張飛　何してんだ兄ぃ‼
劉備　民草ってのは嘘だ。ぜーんぶ嘘。俺は死にたくねえんだよ、だからここに来た。ここでなんとかこの場を凌ぎてえんだ。こんなとこで死ぬわけにはいかねえんだよ。借りは返す‼　絶対に借りは返すから。な、黄忠さん蒯越さん劉表殿！　な‼
張飛　兄ぃ‼
劉備　兄ぃなんだよ俺は‼　明日があるんだ。分かるだろ、段々分かってくるんだよ。トゥモローだよ。ほら、関平、張飛‼　頭下げろ‼　早く‼
張飛　何で……
劉備　いいからほら！
黄忠　とんでもねえ大将だな。
劉表　いいや……そうでもないだろう。

蒯越　劉表様。
黄忠　手を貸すなんて言わないでくださいよ御大将。
劉備　こっちには孔明がいる。あんた、欲しいだろ。
劉表　……。
劉備　あいつの才がありゃ、ここを切り抜けられる。盃交わしてやったっていい。孔明と一緒にいりゃ、この荊州はいつまでも安泰だ。
張飛　何言ってんだ兄ぃ！
劉備　なあ劉表殿‼　やべえぞ、この時勢は確かにやべえんだ。今奴らが本気になりゃ、この荊州どころか呉だってやべえ。俺は知ってんだ。あの曹操軍の兵どもを嫌というほど見てきてんだ。ひとたまりもねえぞ、この荊州なんか一瞬だ……。
黄忠　何だと？
劉備　やべえんだ……あ、来た……来た。

劉備がガタガタと震えだす。

張飛　やべえ……
関平　やべえ……
劉備　やべえんだ……やべええ見てみろ、やべえ‼
黄忠　何がやばいんだ⁉

張飛　阿呆!!　兄ぃの震えは何かを起こすんだぞ!!　ぜってー何かの前触れだ!!
劉備　あ、すげええの来た……これすげえ……まじすげえ!!
張飛　すげえ……それすげええ!!

黄忠が劉備をぶん殴る。

黄忠　落ち着け。

落ち着く劉備。

張飛　あ、落ち着いた。
黄忠　で、こいつは追っ払うんでいいんですな御大将。
蒯越　御決断を。才をお揮いください。
劉表　匿ってやりたい。
黄忠　本気で言ってんのか⁉
劉表　本心ではそうだ。しかしな……私の病がそれを許さないんだ。
黄忠　だからどっちなんだ。
劉表　うん……こういう言葉を知っているかな？　どっちつかずのアイ……

一人の男が飛び込んでくる。
名を、「蔡瑁徳珪《さいぼうとくけい》」。

蔡瑁　御報告申し上げます‼　曹操軍・夏侯惇率いる三万、許褚率いる一万がこの荊州へと侵攻‼　猛然と江南を突破致しました。
黄忠　なんだと⁉
張飛　ほら当たった‼　兄ぃ‼
蒯越　劉表様ご指示を‼

咳込む劉表。

黄忠　蒯越‼　城門を固めておけぃ‼
蒯越　わかりました‼
劉備　張飛、関平行って来い‼　黄忠さんよ、そんじょそこらの奴よりよっぽど腕は立つぜ。どうだい？
黄忠　……小僧手を貸せ。
張飛　よっしゃアー――‼

黄忠に連れられ、張飛と関平がその場を離れていく。

劉備　と、いうことで劉表殿、頼みますぜ。
劉表　ひとつ……
劉備　分かってますよ、孔明でしょう。
劉表　……。

音楽、劉備は喜び勇んでその場を離れていく。

★

劉表軍を蹴散らしている夏侯惇が歩みを進めている。

★

趙雲が一人の女を連れて、入ってくる。
女の名は、甘夫人。

趙雲　こちらへ、間もなく劉備様がやってきます。
甘夫人　……阿斗は？
趙雲　大丈夫です。私が安全な所へ。
甘夫人　趙雲……ありがとう。
趙雲　いえ……。

趙雲の手を握る甘夫人。

甘夫人　あなた達が頼りです。どうか我が夫を見捨てないであげてね。
趙雲　……勿論です。
甘夫人　阿斗を迎えに行きます。
趙雲　……いえ、奥方様も熱があるようですので、ここはお休みください。
甘夫人　そうね。

孔明がいつの間にか、それを見ている。

趙雲　孔明殿……!?

慌てて手を放す趙雲。

甘夫人　孔明……。
孔明　奥方様が心配になったものですから。それよりも、趙雲の方が熱があるようです。
趙雲　ど、どういう意味ですか?
孔明　良く、守ってくれた。ありがとう。
趙雲　あ、いえ……。

孔明　守りたい人を守る。簡単なようで、難しい事だよ。
趙雲　私は配下ですから。当然の事をしたまでです。
孔明　……本当に？
甘夫人　何の話？
趙雲　あ、いえ‼　孔明殿……‼

孔明を引っ張って、甘夫人から離れる趙雲。

趙雲　孔明殿……。
孔明　何ですか？
趙雲　私は本当に……
孔明　ならば伴侶を娶りなさい。
趙雲　……。
孔明　こんな時代です。いつ会えなくなるか分かりませんよ。
趙雲　孔明殿……。
孔明　大丈夫。胸に秘めた想いを晒すような、野暮な真似はしないから。
趙雲　……。
甘夫人　二人で何ですか？
孔明　いえ。

甘夫人　孔明、あなたも戦乱にいたので、心配していました。
孔明　我が軍には優秀な武者が揃っていますので。それよりも奥方様が心配でした。
趙雲　私にも趙雲がいますから。他の誰より心強い。戦場を、縦横無尽に駆けてくれました。
甘夫人　劉備様より託されましたから。
孔明　……それだけ？
趙雲　孔明殿‼
孔明　間もなく劉備様もこちらに向かっております。
甘夫人　劉表殿へは？
孔明　断られるのが常、ですが、匿ってはくださるでしょう。
甘夫人　また民を理由にして押し掛けてはいないでしょうか？
孔明　そうですね。我が殿にはそれしかありませんから。
甘夫人　それではいけません。
孔明　どこかは、真実なんですよ。
甘夫人　君主である前に人です。産まれた子にとっては父です。私はあの子の前で恥無き人であってほしい。
孔明　……はい。
甘夫人　あの人の為に配下が命を懸けて生きているんです。あの人こそそうでなければ、誰も報われません。私は、目の前で命を賭して我が子を守る趙雲と共にここまで来ました。それが私の真実です。

趙雲　……奥方様。
孔明　趙雲……今告っちゃいなさい。
趙雲　……楽しんでませんか？
甘夫人　孔明……劉表殿が困るなら、この荊州を出ましょう。
孔明　今は我が殿のご報告を。

劉備が騒ぎ声と共に駆け込んでくる。

劉備　孔明!!　孔明!!　やったぞ!!　乗った!!
孔明　そうですか。
甘夫人　あなた……。
劉備　おお、愛しの甘。劉表の元で匿ってもらえる事になった。褒めてくれ褒めてくれ。お、趙雲。良くやった、おまえは本当に良くやったな。泣けるな。
趙雲　いえ……。
甘夫人　どうやって説得されたのですか？
劉備　それが孔明の策通り。利用したのよ、ガクガクを。
趙雲　出られたのですか？
劉備　ああ、今回だけは嘘な。わざとわざと。
甘夫人　あなた……

劉備　夏侯惇達が攻めて来てるのは孔明から聞いて気付いててな、ちょっとした時間稼ぎをしたんだよ。そいつに俺のガクガクを重ねて状況のやばさを信じ込ませる。後は張飛達を共に戦わせて貸しを作るってわけ。カーンペキだった。

孔明　私を餌にも使ったのですね。

劉備　おまえは本当にすごいな。その通りだよ。後で一緒に酒宴に向かうぞ。

孔明　……わかりました。

劉備　さて、ゆっくりここで和むとしようや。お、趙雲……褒美だ。女取らせるぞ。おまえは女遊びをせにゃいかん。どうだ？　いないのか？　いいの見つけたか？

孔明　殿……趙雲は実は……

趙雲　孔明殿……あなたは何なんだ！

甘夫人　張飛達はどうするのですか？

劉備　大丈夫だよ。

甘夫人　戦っているのではないのですか？

劉備　だから大丈夫だって、適当な所で戦切り上げて来いって、伝令飛ばしといたから。あ、そうだそうだ。阿斗は……どうした？　無事か？

甘夫人は、劉備を引っぱたく。

驚く劉備。

趙雲　奥方様……。
劉備　おまえ……
甘夫人　あなたの国はなんですか？　領土を広げる事ですか？　あなたの欲を満たす事に天下があるのですか？

趙雲が必死に頭を下げ、

趙雲　……奥方様は熱があるのです。お許しください。
甘夫人　子を思い出す順序はそこにありますか？
劉備　そんなつもりじゃねえよ。ただ……
甘夫人　孔明……あなたの才をこの人に使うのであれば……あなたは凡人です。

その場を離れていく甘夫人。

孔明　趙雲、奥方様の傍へ。
趙雲　あ、はい……。
劉備　構わん!!　ほっとけい!!
趙雲　……。

戸惑う趙雲。

劉備　何がいけなかった？　阿斗の事は最初から思ってたよ。言葉の順序ってだけだろ？　あいつはそういう所を分かってない。分かってないんだよ。なんだ、君主が生き残ろうとしちゃいかんのか？　妻だったらそこを一番に喜ぶはずだろうが。

孔明　あなたに一番期待してるのが、奥方様なんですよ。

劉備　……そうだな。反省。趙雲、あいつを慰めてやってくれ。

孔明　趙雲で……いいんですか⁉

趙雲　あんたが行けって言ったんですよ。

劉備　はあ……戦には負け続き、俺だって辛いんだよ。おまえだけは分かるよな、孔明……。

劉備が孔明に抱きつこうとすると、孔明はその手をよける。

劉備　ちょっと今の、寂しかったんだけど……。

孔明　趙雲、頼みます。

趙雲　はい。

趙雲はその場を離れていく。

劉備　孔明、俺に才を揮うと、おまえは凡人なのか？
孔明　それは分かりません。
劉備　分からないってなんだよ。
孔明　ですがあなたを博打に例えるなら、面白い賽《さい》が振れそうです。
劉備　そうか。それでありゃあ、充分だ。

いつの間にか、虫夏が二人を見ている。

虫夏　本当にその男かい？
孔明　……。
劉備　おまえと天下目指せりゃ。それでいい。俺はな、おまえに惚れてんだ。
虫夏　その男で天下を取れるのかい？
孔明　黙りなさい。
劉備　すいません。
虫夏　触れたら全てが分かるのに。天下を取れる器かどうか、さらりと倒れる亡者かどうか。
孔明　……。
虫夏　天下を取るべき男なら、天の龍様も黙っているさ。

その場を離れる孔明。

劉備　ちょっ……孔明――!!

笑う虫夏。
舞台ゆっくりと暗くなっていく。

★

――張郃が誰かを見ている。
見渡すように、誰かを見つめ、言葉を発しようとした瞬間。
後ろに張遼《ちょうりょう》が立っている。

張遼　どうした?
張郃　いいや……。
張遼　絢爛《けんらん》の限りを尽くした袁紹《えんしょう》殿と比べりゃ、簡素な宮廷だろ。必要なもの以外は何も置かず。それが俺達の布陣だ。
張郃　そんな所を見てると思うか?
張遼　いいや。
張郃　背後に立つな。
張遼　おいおい、仲間になるんだぞ。
張郃　立つな。

張遼　安心しろ。袁紹に比べりゃ、居心地がいい筈だ。おまえにとってはな。
張郃　そんなに簡単に忠義ってのは変わるものか。君主が死んだから新たな君主。猛者ってのは簡単に出来てるんだな。
張遼　……。
張郃　呂布《りょふ》と曹操。ならず者という点では変わらんだろ？　どうだった、張遼殿。
張遼　そうだなぁ。
張郃　仰ぐべき君主はこの目で決める。とやかく言われる筋合いはない。
張遼　ま、そう言わずに。少なくとも共に戦っていくんだから。共に劉備もろとも劉表を討ち、その後、呉《ご》の孫権《そんけん》を討つ。
張郃　……。
張遼　あ、ひとつ。ここで覚えておいた方がいい事がある。
張郃　何だ？
張遼　本当に必要なもの以外は置かねえんだ、ここは。ものも、人も。

――突然張郃に襲いかかる女。
夏侯淵である。

張郃　!?

素早く身を翻し、互いに剣を突きつける張部。

夏侯淵　惜っしいなあもう。張遼、あんたが忠告なんかするからだ馬鹿。
張遼　当たり前だろ。
夏侯淵　なーんで。
張遼　殿に連れて来いと言われてる。
夏侯淵　こーんな女、役に立つと思ってんのかアホンダラ。
張遼　殺せなかったろ。それが全てだ。
夏侯淵　まだ始まったばかりだよ。来いよブス、こら。殺してやるよこら。
張遼　夏侯淵だ。見て分かる通りすごく口が悪い。
張部　そうみたいだな。
張遼　でもいい子なんだ。新しい事を教えてやると喜ぶ。
夏侯淵　おまえの内臓全部ホルモンにしてやるよ。来いコラ、ブス、こら。
張部　どけ、曹操に会うんだ。
夏侯淵　会わせると思ってんのかこら。越えてけよ、ここ越えろこら。怖いのかこら、内臓ホルモンにされるのが怖いのかこら、ブスこら。
張部　どけ。
夏侯淵　怖いんだろ。
張部　怖くはない、それに内臓は最初から既にホルモンだ。

夏侯淵　そうなのか⁉

感銘を受ける夏侯淵。

張部　どうした？

張遼　新しいことに感銘を受けてる。

夏侯淵　わりいな。勉強になったっつう程じゃねえけどな。馬鹿野郎わりいなぁ。

張部　この子は何なんだ？

張遼　いい子なんだ。

遠くから叫び声が聞こえる。
張部達を見つけ、バタバタと走ってくる。
名を、「荀彧文若《じゅんいくぶんじゃく》」。

荀彧　あーいたいた‼　ちょっと早くしてくださいよもう‼

張部たちの元に駆け寄ると、筆を取り何かを書きながら、頭を掻いている。
変わった風貌である。

荀彧　こんなとこで油売ってる場合じゃないでしょ、張遼さん‼　早く連れて来ないと。
張遼　夏侯淵だぞ。
夏侯淵　うるせえこの野郎。
荀彧　張遼さん減点二ね。迅速に行動しない、おしゃべりが過ぎる。夏侯淵、あーあんたが張部さんね。よろしく、軍師の荀彧です。こっからは私の指示に従ってもらうから、結構予定ビシビシあるからね。
張部　こいつがあの荀彧か……。
張遼　我が軍の頭脳だ。
荀彧　うちは軍規が厳しいから覚悟してね。夏侯淵‼　おまえまたやらかしたな。
夏侯淵　いつもの事だろ不細工。
荀彧　人に迷惑をかける、宮廷で勝手に刀を振るう、私を不細工扱い。え、減点六百五です。
夏侯淵　多過ぎるだろ！
荀彧　不細工六百あるから。ああ、張部。話す事もたくさんあるし、特別な任務も殿直々にあるから。
張部　特別な任務。
荀彧　あー張遼おまえにも。すげえ作戦があるから覚悟してね。
張遼　なんだそれは？
荀彧　おまえの一番したかった事だ。急げ、曹仁様がお怒りだ。

その場を離れていく張部たち。

★

場面は宮廷内部へと変わっていく。

一人の男が怒りのまま、曹操配下に指示を出している。

名を、「曹仁子考《そうじんしこう》」。

曹仁　この馬鹿もんがぁ――‼　何をたらたらしとった‼　荊州ごときに時間をかける曹軍などではない‼　于禁‼

叱りを受けているのは、配下の「于禁《うきん》」、「曹純《そうじゅん》」である。

于禁　ハッ！　申し訳ございません‼

曹仁　しかも撤退してくるなど以ての外、夏侯惇と許褚を擁してこの有様か⁉　おまえは傍で何をしていた⁉　答えろ、于禁‼

于禁　ですが……！

曹仁　答えなくていい‼　この馬鹿もんがぁ――‼　曹純‼

曹純　ハッ！

曹仁　夏侯惇と許褚は何をしている⁉　何故ここまで来ない⁉

曹純　夏侯惇将軍はお戻りになられております‼

曹仁　許褚はどうした⁉　許褚は⁉
曹純　ハッ……いまだ戦地へと……
曹仁　俺の指示を何故聞かん⁉　撤退の命令を出しただろうが⁉
曹純　申し訳ありません！
曹仁　今すぐ連れ戻してこい‼　早く行け曹純今すぐだ！
曹純　ですが……！
曹仁　行かんでいい‼　この馬鹿もんがぁー‼　間に合わんわぁ‼　煙草買いに行くのとは訳が違うわぁ‼

続けざまに、配下を叱る曹仁。
「李典《りてん》」「文聘《ぶんぺい》」「曹洪《そうこう》」である。

曹仁　李典‼
李典　ハッ‼
曹仁　文聘！
文聘　ハッ‼
曹仁　曹洪‼
曹洪　ハッ‼
曹仁　この馬鹿もんがぁ‼　俺の怒りを知れ‼

三人　ですが……！

曹仁　どいつもこいつも「ですが」を言うな‼「ですが」‼　俺の一番嫌いな言葉だ‼　分かったな‼　楽進‼

精悍な男が前に出てくる。
名を「楽進文謙《がくしんぶんけん》」。

楽進　ハッ‼

曹仁　小さいぃいい‼　この馬鹿もんがぁ――‼

楽進　……あざっす‼

曹仁　……よしよし‼　よっしゃ！　いいかおまえら、我が殿は官渡の大勝利によって、丞相となられた‼　荊州ごときで手こずっていては、来るべき呉との大戦争に不安を残す‼　いまだ全貌の見えぬ呉は手こずるぞ‼　ここで雷を落としたのはあえてだ‼　この撤退を心に命じて欲しいという願いからだ！　俺も悪かったが、おまえらも意気に感じろ‼　さあ‼　俺の心を分かった奴は、魂を入れ替え、荊州を落としてくれ！　いいな‼

全員、黙っている。

曹仁　返事をしろ‼　返事‼

全員、返事をする。

全員　ですが……‼

曹仁　うるさい‼　何で言う‼「ですが」を言う‼

ゆっくりとひとりの男が入ってくる。
夏侯惇である。

夏侯惇　戦帰りで疲れてんだ。バタバタうるせえぞ、曹仁。

曹仁　夏侯惇。

全員が即座に襟を正し、

全員　大将軍‼

夏侯惇　おまえらもいい加減こいつの立場を分かってやれ、本物の忠義を語りたいんだよ。

全員　ハッ‼

曹仁　夏侯惇来るのが遅いぞ‼　重要な軍議である。

夏侯惇　ちょっと汗をかいたんでな、シャワー浴びてきた。

曹仁　浴びるな‼
全員　大将軍‼
曹仁　うるせえ‼　戦に負けて帰ってきて何がシャワーだ。恥ずかしいと思わんのか⁉
夏侯惇　髪が乱れる方が恥ずかしい。
全員　ハッ‼
夏侯惇　それが生き様。
全員　大将軍‼
曹仁　うるせええ‼　いいか、そもそも言っておくがおまえはまだ大将軍でもなんでもない。勝手に名乗るな。
夏侯惇　いずれそうなる。
全員　大将軍。
夏侯惇　いつも心に。
全員　夏侯惇。
曹仁　どこで練習してんだどこで‼……何でおまえだけそう人気があるんだよ。位は俺の方が上なんだぞ。
夏侯惇　小さい事は気にするな。おまえの悪い癖だぞ。
曹仁　おまえと許褚がいて荊州を取れないってのはどういう事だ。戦をやるなら勝たねば意味がない。
夏侯惇　戦果はあったさ。

曹仁　何もないぞ!!
夏侯惇　劉表ってのは食わせ者だが民草は活気がある。洛陽にはない土産物がたくさんあったぞ。
曹仁　ふざけた事を言ってる場合ではない。

夏侯惇はサングラスをかける。

夏侯惇　似合うか?
曹仁　見にくいだろむしろ!!　片目なんだから。
夏侯惇　ははっ。
夏・全員　そりゃそうだ。
曹仁　だからどこで練習してんだどこで。夏侯惇、撤退の理由を曹操に伝えなきゃならんのだぞ。
夏侯惇　その必要はねぇよ。
曹仁　何故だ。
夏侯惇　撤退しろと言われたのさ、荀彧からな。
曹仁　何だと?
夏侯惇　って事は、あいつに考えがあるんだろ。戻れと言われりゃ、戻る。
勝とうと思えば、いつでも落とせたからな。
曹仁　だからお前ら……そうなのか。
夏侯惇　今度の戦は、いつもと違うらしい。いよいよ天下が見えるか曹仁。

曹仁　分からん。許褚は？
夏侯惇　知らん。撤退に納得がいかんのだろ。
曹仁　全く分からん。分からんぞ馬鹿もんがぁ‼

夏侯淵と張遼が入ってくる。

夏侯淵　どけよおまえら、雑魚ども。どけ‼　雑魚、バカ、ハゲこら。

仲間を蹴散らす夏侯淵。

張遼　言われた通り、連れて来ましたが。
曹仁　遅いぞおまえら‼
夏侯淵　よお曹仁‼　相変わらずカリスマねぇな。
曹仁　きちんと挨拶をしろ。
夏侯淵　してんだろうがこら。ノットカリスマ。
夏侯惇　揃って来たようだ。

いつの間にか、荀彧が曹仁の背後にいる。

荀彧　遅くなりましたがそろそろ始めまーす。
曹仁　おまえな……
荀彧　あ、曹仁様。さっきちょっと滑ってましたね、減点十です。動きも変ですしね、減点四です。
曹仁　荀彧‼
荀彧　夏侯淵、ノットカリスマって良い返しね。二点アップ。
夏侯淵　くそがよー。

夏侯淵は喜んでいる。

荀彧　夏侯惇殿、ご苦労様でした。
夏侯惇　あいよ。
荀彧　許褚はいない、と。ま、もうすぐ帰ってくるでしょう。
曹仁　荀彧。
荀彧　あ、曹仁様。新人は無事に。教育お願いしますね。
曹仁　荀彧。
荀彧　さあ、始めましょう。曹操軍の、「軍議」です。

襟を正す曹操の配下達。

——舞台は一瞬のストップモーション。
甘夫人が佇んでいる。
その場に入ってくる趙雲。

趙雲　奥方様……
甘夫人　悪いのは私ね……ごめんなさい。
趙雲　阿斗様の所へ連れて行きましょう。あなたの熱も下がるでしょうから。
甘夫人　趙雲……あなたにも頭を下げさせてしまいました。
趙雲　当然の事です。
甘夫人　一人の人を大切にする……あの人に伝えたい事を私も守れていない。自分の事しか考えていないのは私も同じね。反省します。
趙雲　その言葉があるから、私たちの国があるんです。
甘夫人　大袈裟よ。
趙雲　いえ、劉備様も同じ言葉を私に言ってくださいました。その言葉を守りきる事が私の志です。
甘夫人　口だけじゃないといいわね。

小さく微笑む甘夫人。

趙雲　はい。でも……

甘夫人　何？

趙雲　あなたがいますから、その志が奪われる事はありません。

甘夫人　酒宴に向かってください。あなたがいないと、華がありません。

趙雲　阿斗様の所へは？

甘夫人　大丈夫。母ですから……子に病を伝染す訳には参りません。

趙雲　はい……。

甘夫人　趙雲……出来るなら……孔明を助けてあげてください。

趙雲　勿論。ですが孔明様は私の力など……

甘夫人　人を生かそうとする人ほど、自分を殺して生きるものよ。

趙雲　……。

ひとりの男が静かに入ってくる。
名を、「魯粛子敬《ろしゅくしけい》」。

魯粛　……その孔明様の事で、お話ししたい事がございます。

剣を構える趙雲。

趙雲　何者だ貴様。
魯粛　趙雲殿にお頼み申し上げたい事があり、参上しました。
趙雲　奥方様、お下がりください。ここまでの警備をかいくぐっています。
魯粛　内密にお願いしたい事でしたので、配下の方には少しばかり眠って頂きました。
趙雲　出ていけ。さもなくば……
魯粛　私を劉備殿の幕下に加えて頂きたい。
趙雲　何だと？
魯粛　信用出来ぬとあらば、情報を。ここより一里の東から曹操軍許褚が単騎で進軍しております。
趙雲　あの許褚が……
魯粛　関羽殿、張飛殿の両翼が使えぬ今、あなたでなければ止められぬでしょう。その道中までは私が……
趙雲　……奥方様……行って参ります。
甘夫人　待って。孔明の話とは何ですか？
魯粛　計を案じて頂きたいと……甘夫人の仰ることは正しい。才を持つ者ほど自分の身を守れとは言えぬでしょうから。
趙雲　率直に答えろ。
魯粛　謀が出ております。「孔明暗殺――」と。

驚く趙雲と甘夫人。

★

曹操軍が立ち上がる。

荀彧　……けっこう長かったね。待ちの時間が。
曹仁　さっさと始めんか、この馬鹿もんがぁ‼
荀彧　それでは始めましょう。曹操軍の、「軍……

――舞台は一瞬のストップモーション。
劉表と黄忠が話している。

劉表　それで？
黄忠　なんとかなりましたけどねぇ、我が軍は厳しいでしょう。
劉表　劉備に頼るしかないか。
黄忠　乗っ取られますよ、この国を。
劉表　おまえは率直すぎるぞ。
黄忠　ならばやりますか？
劉表　どっちをだ？
黄忠　……御大将の「考えてる方」をですよ。

劉表　ならば、孔明だ。

黄忠はその場を去っていく。

★

曹操軍が立ち上がる。

荀彧　……よし、気を取り直して。

夏侯淵　急げくそが‼

荀彧　曹操軍……

——場面は一瞬のストップモーション。

孔明と劉備が話している。

劉備　孔明、なんだよぷいっとしちゃってさ。

孔明　少し考え事を。劉表殿も酒宴に一計を案じてくるでしょうから。

劉備　そうだねーあ、孔明、関羽は何処行ったの？

孔明　江夏に向かって貰っています。もしもの時を案じて……

劉備　もしもって何だよ？

孔明　知らなくても大丈夫。極秘に進めてる事ですから。

劉備　そっか。孔明……酒宴の前に大事な話があるんだ。
孔明　……どうしたんですか？
劉備　心して聞いてほしいんだ。謀《はかりごと》と捉えて貰ってもいい。
孔明　何でしょう？
劉備　……劉表殿に持っていく酒。どっちがいい？

二つの酒を出す劉備。

孔明　いいちこ。

驚く劉備。
孔明はその場を去っていく。

★

曹操軍が立ち上がる。

荀彧　……うん。
曹仁　いるのか今の は‼　馬鹿もんがぁ‼
張遼　でも、いい声だったな。
夏侯惇　いいちこ……下町の……

全員　夏侯惇‼
曹仁　違う‼　さっさとやれい‼　隙を見せるな‼
夏侯淵　荀彧てめぇ！　次乗っ取られたら金玉くり抜いて串刺すからなぁ！
荀彧　……ぽっ。
曹仁　早くやれ‼
楽進　あざっす！
曹仁　よしよし。
荀彧　さあ、曹操軍の軍……

——舞台は一瞬のストップモーション。
張飛が迷っている。

張飛　あれ敵いねぇ、迷っちゃったかな……

張部が出てきて張飛をぶん殴る。
その場から飛び出ていく張飛。

張部　さっさと話を進めろ。時間がもったいない。
荀彧　そうだね。

曹仁　誰だ貴様は⁉
張郃　袁紹配下、張郃。
張遼　官渡の敗戦によって捕縛。丞相の命により、連れて来た次第です。
曹仁　おまえか。
夏侯淵　悪ぃ奴じゃねえくそ野郎だよ。
張遼　どっちかわかんないよ。
夏侯惇　やっと来たな新入り。
張郃　入るかどうかは私が決める。さっさと曹操を呼んで来い。
夏侯惇　ここに来たって事は決まってんだ。そう突っ張るな。
張郃　首を切る覚悟はいつでもあるぞ。
夏侯惇　ならばおまえは馬鹿もんだ。
張郃　おまえと交える覚悟もあるぞ。
荀彧　二人とも減点二ね。無駄話をしないで頂きたい。軍議は始まってます。
曹仁　そうじゃ馬鹿もんが‼　楽進！

曹仁に促され、楽進が銅鑼《どら》を派手に鳴らす。
張郃を残し隊列を整える曹操軍。

荀彧　軍議を行う。

全員　ハッ。
曹仁　えー張部、張遼を残し、一旦解散。
荀彧　何の為に待ってたここまで‼　なあ‼

曹仁、張部、張遼を除く全員が迅速に退散する。

曹仁　おまえらも帰るのかよ‼
荀彧　曹仁様命令違反二千点と。あと二点で斬首です。
曹仁　うるせえ。

曹仁がその場を去っていく。

張部　さっさとしろ。劉表を攻めたいんだろ。
荀彧　劉表は降伏します。遅かれ早かれ必ず。
張部　そううまくいくか。
荀彧　必ずですよ。生きての言葉かどうかは別です。
張部　必要なくなるとあらば殺すか。乱世の奸雄《かんゆう》の名にふさわしい下劣な男だな。
荀彧　あー勘違いして欲しくないのはですね、うちの殿がこの世で一番大事にしてるのは人です。
張部　人だと？

65　リインカーネーション

荀彧　ええそうです。
張遼　ただし、平等ではない。
張郃　ふざけた話だ。そんな人間に国を治められると思うのか？
張遼　綺麗事の話はしてねえよ。人ってのは平等か？　生きとし生ける者が同じ幸せを得られるか？
張郃　……。
張遼　おまえも本当は分かってるだろ？
荀彧　私の台詞を取ったと。
張遼　すまん。
張郃　選ばれた者だけが幸福を得ると。
荀彧　まあ厳密に言えばそうです。厳密に言えば。
張郃　国はおまえ達だけの物ではないぞ。
張遼　当たり前さ、だから俺達も篩《ふる》いにかけられてる。もちろん、我が殿曹操もな。
張郃　どういう意味だ？
張遼　殺せるなら殺していいのさ、ここでは曹操をな。そして器を以って、新たな国を治める。
それがこの中原の覇者だ。
荀彧　また台詞を取ったと。
張遼　あ……
張郃　早く曹操を連れて来い。国造りは遊びではない事を教えてやる。

荀彧　あ、えっとねーここにはいません。
張郃　おい。
荀彧　あなたへの処断は全て私が聞き伝えます。
張郃　どこまでふざければ気が済むんだ。
張遼　考えてる事が分からねえんだよ。俺らもこの荀彧も。だから斬るのは……
荀彧　シャラップ！　次勝手にしゃべったらね、うんこ投げますからね。
張遼　子供でもやらねえよ。
張郃　おまえ達も仕える男を間違えたな。
荀彧　孔明暗殺――。

驚く張郃。

荀彧　それが曹操軍全軍の意志です。我が軍にとって仇を為すのは劉備でも関羽でも趙雲でもなく、あの諸葛孔明です。
張郃　……。
荀彧　それ以外の敵は、はっきり言っていないでしょうから。
張遼　呉……
荀彧　は置いといてね――！
張郃　それを私にやれというのが命令か？

荀彧　いえ、これは私の采配です。ですからその為に、私の全脳を振り絞ります。
張郃　私に……
荀彧　あなたには孔明を守って頂きたい。
張郃　何だと？
荀彧　それに付随するもの全てを可とする。つまり劉備やその家臣たちも含めて、です。勿論、我らは全軍を以って暗殺に当たりますから、必要あらば我が曹軍の猛者を斬り殺して構いません。
張遼　おい……
荀彧　さっき夏侯惇殿と交える覚悟があると、あなた言ったじゃないですか？
張郃　いい加減にしろよ。政《まつりごと》を遊びと捉えるか⁉
荀彧　――それがおまえの業だろ、と。

驚く張郃。

張郃　まさか……
荀彧　以上、これが後漢丞相《ごかんじょうしょう》・曹操からの言葉です。
張遼　おい荀彧……今のどういう意味だ。
張郃　曹操に会わせろ‼　すぐにだ‼
荀彧　すぐに会えますよ、あなたが命を実行すればすぐにね。

張部　……。
荀彧　夏侯淵‼　楽進‼

夏侯淵と楽進が素早く座る。

荀彧　夏侯淵は兵二千を以って、荊州へ向かえ。
夏侯淵　何しに行くんだよブ男。
荀彧　曹軍一の神速と言われるおまえの力を用いよ。
夏侯淵　いいのか？
荀彧　怒涛の速さで荊州……

夏侯淵はもういない。

荀彧　早過ぎると。あー楽進、俺について来い。裏で着替えるぞ。
楽進　着替え？
荀彧　あーその後急いで夏侯淵追わなきゃ……あいつ本当にはええから……張部さんも急いで始めてね、あいつまた俺の事を……
楽進　着替え？

ぶつぶつ言いながら楽進と出ていく荀彧。

張遼　荀彧、俺はまだ何も聞いてないけど。

荀彧　まだ分かんないのか？　俺ならとっくに気づくけど……

張遼　話せ。

荀彧　簡単だろ、彼女の監視。つまり同じ事をしろって事だよ。

張遼　荀彧……

荀彧　それがおまえのしたかった事だろ。これなら、いずれ出来るさ。

楽進　着替え？

その場を離れていく楽進と荀彧。

張遼　……。

張郃　張遼……曹操とはどんな男だ？　それだけ答えろ。

張遼　俺が一番殺したい奴さ。

舞台ゆっくりと暗くなっていく。

★

ひとりの少年が必死にパンを食べている。

名を、「許褚仲康《きょちょちゅうこう》」。

許褚　……。

劉表軍が駆けずり回っている。

兵士1　許褚が出たぞ——‼　気をつけろ‼
兵士2　虎を一ひねりで殺す巨漢だ‼
兵士3　探せ——‼
許褚　……。

とても悲しそうにパンを食べている。
入ってくるひとりの男。
名を、「曹操孟徳《そうそうもうとく》」。

曹操　……太らんか。
許褚　太らん。

曹操は優しく許褚にパンを差し出す。

許褚　太りたい。
曹操　身の丈八尺……腰五尺……中華最大の男「許褚」……盛ったか？
許褚　盛った。

曹操は優しく許褚に牛乳を差し出す。

許褚　大きくなりたい。
曹操　俺もだ。だが、諦めない。
許褚　良い言葉だな王さん。

曹操は優しく肉を差し出す。

許褚　もういい。
曹操　食べる。
許褚　食べない。
曹操　食べる。
許褚　食べない。
曹操　食べる。

許褚　食べない。

夏侯淵が飛び込んでくる。

夏侯淵　これは何の時間だこら‼　くそどもが‼
許褚　お腹がいっぱいなんだ。おまえ喰え。
曹操　許褚……それはな、胃が小さいんだ。

感銘を受ける夏侯淵。

夏侯淵　……そうなのか……曹操‼
曹操　そうそう。

曹操は肉を夏侯淵に渡し、夏侯淵は嬉しそうに食っている。

許褚　こんなとこに王さんが来ちゃダメだぞ。
曹操　おまえは俺の護衛だろ。
許褚　撤退に納得がいかなかったからだ。
曹操　だから俺が来たのさ。

許褚　劉表弱いさ。あんな奴らじゃ楽しめない。
曹操　楽しんではいけないのさ。
許褚　前は楽しめと言った。
曹操　先に進んだという事だ。
許褚　王さんの言葉は分からない。
曹操　ならば楽しまずに楽しめ。
許褚　深いな。
曹操　出来たら次の言葉を教えてやる。
許褚　やってみる。

劉表軍の兵士を一人殺す許褚。
驚く劉表軍。

曹操　行くぞ夏侯淵。
夏侯淵　まだ夏侯淵が肉喰ってる途中でしょうが‼
曹操　許褚……ひとつ教えてやろう。おまえは太らん。
許・夏　なにぃ⁉
曹操　おまえは胃下垂だ。
夏侯淵　そうなのか⁉

感銘を受ける夏侯淵を連れてその場を離れる曹操。

許褚　許褚だ。……おまえ今「え？」って思ったろ？「こいつが？」って思ったろ。

許褚が勢いよく劉表軍を殴り倒していく。

★

戦いながら先を進んでいる趙雲。
敵を斬り倒していく。
趙雲を見つける張飛。

張飛　あー趙雲‼
趙雲　こんなとこで何してんだおまえは⁉
張飛　道に迷っちった！　敵もいなくてさー。
趙雲　少しは冷静になれ。
張飛　任せとけー‼　俺がやってやるぜぃ‼
趙雲　いらん‼　おまえは甘夫人の元へ。
張飛　え？　何で？
趙雲　警備が手薄だ‼　隙を突かれたくない。

張飛　わかったぁ――‼

趙雲　張飛‼　孔明殿にも注意を払え‼　いいな！

張飛　何で？

趙雲　いいから！　殿と共に酒宴に向かってる。

張飛　そうなの……酒の席で孔明さんと会いたくないなぁ……嫌な思い出が……。

趙雲　早く行け‼

張飛　分かったぁ……‼

張飛はその場を離れていく。

戦う趙雲。

魯粛が入ってきて、応戦する。

魯粛　お手伝い、致しましょうか？

趙雲　いらん‼

許褚が入ってくる。

許褚　おまえ……つええだろ。

趙雲　こっちへ来いい‼　早く‼　早くだ‼

思わず趙雲の元へ近寄る許褚。

趙雲　子供がいる場ではない。私の元を離れるな。
許褚　うわあああ!!
趙雲　……え?
魯粛　曹軍きっての怪力・許褚であります。

襲いかかる許褚。
趙雲VS許褚。
戦いながらその場を離れていく。

★

二つの寝室。
一つは甘夫人。
そしてもう一つは酒宴の場。
場面は酒宴へと変わっていく。
劉備の元に孔明と関平。
劉表の元に、黄忠と蒯越がいる。

劉表　あなたが……諸葛孔明殿か……。
孔明　劉表殿、お目にかかれて光栄です。
劉表　いや、私も逢いたいと思っていた。
劉備　これが我が劉備軍の宝、孔明ですよ。
孔明　我が君主が押し掛けるような形でこの地に留まる事、お許し頂きたい。
黄忠　まだ許すとは言ってねえんだけどな。
劉備　張飛使って無事に撤退させたんでしょ黄忠さん。
黄忠　孔明さん、あんたも分からん男だねぇ。こんな男に何で仕える？
劉表　黄忠よしなさい。
黄忠　あんたならもっと他に道があるでしょう？
劉表　黄忠。
孔明　はい。
劉表　あるんだ道。
劉備　あるんだねぇ。
黄忠　傑作だよあんた。間違えちゃったたって言って、抜けちゃえば。
劉備　黄忠さん冗談はそのくらいにして本題に入……
孔明　間違えちゃいました。
劉備　間違えたのかよおい！　孔明……!!
孔明　いつでもそう思って、接しております。それが人です。

劉備　でもな……

孔明　ですから劉表殿。今もあなたに仕えるかどうかを考えております。それに足り得る人かどうか……それに足り得る器かどうか……

劉表　そうか……。

黄忠　おい……。

蒯越　黄忠殿。酒宴ですぞ。

黄忠　失礼が過ぎやしねえか？

劉表　私にその器があれば、君は来るのかい？

孔明　勿論いつでも。あればの話ですが。

劉備　ちょっと失礼だぞ孔明。

劉表　酒宴といきたい所だが、私は酒を飲めんのでな。そっちの器はないらしい。

孔明　一つ目の残念です。

黄忠　おい！

刀を抜く黄忠。

孔明　ですから黄忠殿の好物を用意致しました。酒にはうるさいと思いましたのでこれを……。

孔明はいいちこを出す。

孔明　いいちこ……。
黄忠　おまえこれ……
孔明　あなたはこれを一番好きだと聞いていたものですから。どうぞ。
黄忠　わ……わりいなぁ。

受け取る黄忠。

黄忠　……下町の夏侯惇じゃねえか。
劉備　ナポレオンだけどね。
劉表　蒯越おまえが教えたのか?
蒯越　いえ……。
劉表　では、抜け目ない男だな君は。
孔明　そして私も酒は飲めません。器は同じ、といった所でしょうか。

微笑む孔明の前で、黄忠が酒を飲み干す。

黄忠　やっぱ違うなぁ味が。
劉備　うるさい割に安酒でいいんだね。

劉表　劉備殿は民に人気がある。この荊州でも、群を抜いて。
劉備　なんすよねぇ、俺。な・ぜ・か。
劉表　異常な程にだ。それも君の仕業か？
孔明　いえ……人が人を操る事などは出来ません。
劉表　ほう。
孔明　国にも大地にも、焦がれるだけなのです。
劉表　率直に聞こう。この荊州を曹操軍から守る為に、どうすれば良いと思う？
孔明　私の決める事ではありません。
劉表　では質問を変えよう、守れると思うかな？
孔明　……。
劉表　客人としての意見だ。率直に答えて欲しいが。
孔明　それが二つ目の、残念です。
蒯越　孔明殿、あなたを以って、としてもですか？
孔明　はい。
劉表　ならば何故にここを頼った？
孔明　道があるからです。
劉表　劉備殿と組めば曹操に打ち勝てると申すか？
孔明　いえ……。
黄忠　つまりはどういう事だ孔明さん。

孔明　劉備様の首。
劉備　孔明……。
孔明　つまり私たちの首を差し出せば、曹操殿は進軍を止めるでしょう。
劉備　ちょっとおまえ何言ってんだ？　そんな……
孔明　それがこの方の器。器とは、自己ではなく他者が決めるものです。
劉表　……君と話していると、いつしか惑わされそうだ。君は否定したが、操られてると、言った方がいいかな？
孔明　そのような事は。
劉表　では一つの疑問だ。「あの時の酒はどうした？」

虫夏がいる。
驚く孔明の前で、虫夏の言葉を劉表が話している。
劉表は、操られている。

虫夏　あの
劉表　時おまえは酒を持っていた
虫夏　じゃないか。

笑う劉表と虫夏。

劉備　……。

劉表　絶

虫夏　望

劉・虫　つまり絶望していたと言って良いのかい？

虫夏　天下を取る才があるくせに。

劉表　だから私をここに呼んだのに。

孔明　どうして劉表様の言葉を操る。

虫夏　言ったろ？　私は……

劉表　誰かだって……どうしたのかね？

虫夏はいつの間にかいない。

劉備　孔明？

孔明　いえ……劉表様、質問をもう一度。

劉表　あなたの言う道とは何だ？　それをどうしても知りたい。

孔明　それは、生き残る道です。

黄忠　そんな事は当たり前だぜ孔明さんよ。

孔明　曹操孟徳が何故この中華全土をもっとも多く掌握出来たか、それは「迅《はや》さ」です。

蒯越　迅さ……。
孔明　はい、我々が考えを起こした時には、既にその地に降り立っています。つまり、動きながら考えているのです。
劉表　では……
孔明　選ばなければなりません、今すぐにです。抗戦か……それとも降伏か。
黄忠　おい‼
孔明　選ばなければ、ただこの地は焦土と化すでしょう。
劉備　そりゃ、言い過ぎじゃねえか。
孔明　あなたもそうなりたいのなら、口をつぐみます。ですが事実です。
劉表　はっきり言えよ。この荊州を明け渡せと。それが……
虫夏　生き残る道だ、と。

いつの間にか虫夏がそこにいる。
舞台は突然に——暗くなる。

★

甘夫人が蠟燭《ろうそく》に火を灯す。
——背後には夏侯淵が喉元に剣を突きつけている。

甘夫人　……。

夏侯淵　ハロー。
甘夫人　何者ですか……
夏侯淵　答えると思ってんのかアバズレこら。
甘夫人　答えなさい、曹操の配下の者ですか⁉
夏侯淵　だから答えると思ってんのかアバズレこら。殺すぞ‼
甘夫人　……。

舌を噛もうとする甘夫人。
曹操が現れる。

曹操　舌を噛んだら阿斗はどうなる？
甘夫人　……曹操。
曹操　既に子は預かった。善良な母が子を捨てる事はないだろう。
夏侯淵　てめぇ噛もうとしてたのか？
甘夫人　何故ここまで……
曹操　久しぶりだな甘夫人。あなたには残ってもらいたいと思ってた。
甘夫人　ふざけないでください。
曹操　挨拶もなく劉備が逃げるから、探しに来たんだよ。
甘夫人　私はあの人に迷惑をかけたくありません。

曹操　そういう御方だ。
甘夫人　死にます。ですから、阿斗の命だけは……
夏侯淵　殺せばいいのか？

剣を構える夏侯淵。

曹操　いいや。
夏侯淵　じゃあどうすんだよ？　何の為にここに来た？
曹操　頼みたい事があってな。
夏侯淵　何だそれ？
曹操　どうしても、欲しいんだよ。

曹操と共に、夏侯淵が甘夫人を連れていく。

★

趙雲と許褚が戦っている。
飛び込んでくる関平。

関平　趙雲様‼
趙雲　関平、危ないから離れてろ‼　張飛の元へ行け！

関平　いえ、私は父から皆の命を守るよう……
許褚　邪魔‼

許褚に一蹴される関平。

関平　私は父から……
趙雲　帰ってくれ頼むから‼
関平　ハッ。

逃げ出していく関平。
夏侯惇が楽しそうに入ってくる。

夏侯惇　おう許褚、楽しそうな事してんじゃねえか。
許褚　惇兄‼
夏侯惇　あれ、趙雲だろ。譲ってくれねえか。
許褚　それは駄目だ。
夏侯惇　どれだけやるか知りてえんだよ。
許褚　王さんから次の言葉を貰いたい。
夏侯惇　くれよ。

許褚　くれない。
夏侯惇　くれよ。
許褚　くれない。
夏侯惇　いのち。
許褚　くれない。
趙雲　どうでもいいからさっさと来い‼

夏侯惇と許褚が趙雲に襲いかかる。
そこに張遼が割って入る。

趙雲　⁉
張遼　ここは助けてやるよ。
趙雲　貴様何者だ‼
夏侯惇　どうした張遼？
趙雲　張遼……？
張遼　おまえこのままいったら流石に死ぬぞ。あれうちのトップ2。
夏侯惇　おお、得意の寝返りか？
張遼　ここは願ってなかったですけどね。
夏侯惇　ハハ‼　ってことは、あいつまた何か考えてるな。

許褚　王さん？
夏侯惇　そうだ。
張遼　ほらやるぞ。
趙雲　いらん‼
張遼　おまえに死なれると困るんだよ。孔明が落ちやすい。
趙雲　どういう意味だ？

魯粛が入ってくる。
驚く夏侯惇。

魯粛　謀でしょう。ここは私も参戦します。
夏侯惇　……。

魯粛も趙雲の傍で剣を構える。

趙雲　おまえの謀ではないだろうな？
魯粛　私の素性はこの後に……。
張遼　さあやりましょうや、ここ乗り切れないと、何の意味もない。
許褚　全員、やっていいんだな。

許褚が向かおうとした瞬間――。

夏侯惇　いや、やめておこう。
許褚　何で？
夏侯惇　趙雲、いずれやる日も来るだろうからそれまで生き延びておけ。
張遼　どういう意味ですか？
夏侯惇　全く予想がつかねえんでな。あいつの考えを潰したらつまらん。
　行くぞ許褚。
許褚　嫌だ。
夏侯惇　行く所ができたんだよ。
許褚　王さんに言われた。楽しまずに楽しめって。
夏侯惇　それがこれだぞ。

夏侯惇が許褚を睨みつける。

趙雲　情けを掛けるつもりか？　その謂われはない‼
夏侯惇　その男が組んでりゃそうはならねえさ。

楽進が入ってくる。
孔明と同じ格好をしている。

楽進　その通り。彼の言う通りだ。
許褚　孔明……！
楽進　趙雲、今は……やめておきなさい。
趙雲　うるせえ‼

楽進をぶん殴り、そのまま楽進は飛んでいく。

張遼　出落ちた……‼
趙雲　なんなんだ一体‼
許褚　……孔明。
夏侯惇　んーーまったく分からん。行くぞ許褚。

夏侯惇は許褚を連れ、その場を離れていく。

魯粛　趙雲様……。
趙雲　おまえと話す気はない‼

趙雲は急ぎ甘夫人の元へ向かっていく。
追いかける魯粛。

張遼　……。

後を追う張遼。

★

酒宴の場が続いている。

黄忠　御大将……。
劉表　私が頭を下げた時だ……返答次第によっては、やりなさい。
黄忠　……。
劉表　躊躇いがあるか？
黄忠　いえ。

蒯越に連れられ、劉備と孔明が入ってくる。

劉備　いやあ、いい舞だったねぇ。いい舞ベイベーいい舞ベイベ――。

劉表　静かにしなさい。
劉備　はい。
劉表　孔明殿、焦がれるというのは良い言葉だ。君の話を聞き、そのまま君に返したいと思う。
孔明　答えを出す時間にはなりましたか？
劉表　私にはもう一つあるんだ。
孔明　後継者のお話、ですね。
劉表　敵わんな……君には。
劉備　なになに？　何の話？
劉表　劉備殿、二人の息子がいてねぇ。私には瓜二つなんだか……どちらに決めていいのか分からん事がある。
劉備　へえ……似てんの？
蒯越　はい。
劉表　とても、似ている。二人ともだ。
孔明　どちらを選んだとしても諍いが起こるなら、配下で決めるべきでしょう。
劉表　というと……。
孔明　あなたの国を創ったのはあなたではない。配下です。
劉表　はっきりと言うな。
孔明　その言葉を発して、背を向けた配下が多い方を選ぶのです。それが真に国を憂うものです。
劉備　……おまえ……本当にすごいな。

劉表　……。

――突然、劉表は土下座をして頼み込む。

劉表　孔明殿！　劉備殿‼……この国を助けて欲しい。
劉備　劉表殿……。
劉表　ここを抜けたとしても、いずれ君たちには国を明け渡すかもしれない。それを覚悟はしている！
劉備　そんな事はねえさ。
劉表　ただ、今は私が背を向ける訳にはいかんのだ。曹操軍を撤退させたい……その知恵を貸してほしい。民が劉備殿を選ぶなら、私は喜んで差し出しもする。それを約束しよう。だから孔明殿、我が配下に未来をやってほしい。
孔明　劉表様……。
劉表　国を創ったのは、私ではない。この黄忠だ、蒯越だ、我が配下だ。それは事実だ。
黄忠　……御大将。
孔明　劉表様、顔をお上げください。
劉備　孔明、劉表様の手を取ってやれ。
孔明　……。

虫夏　ほら、こう言ってるよ。取ってやれば良いのさ。

——いつの間にか虫夏がそこにいる。

孔明　黙りなさい。
虫夏　忘れたのかい？　そうすりゃ全てがうまくいく。
劉備　手を取れ孔明。これは、命令だ。
黄忠　……。
孔明　なりません……。
虫夏　この荊州が手に入るよ。劉備も喜ぶ。

黄忠が刀を抜こうとした瞬間——。
劉備が孔明の手を取る。

虫夏　ああああ!!

雷鳴が鳴り響く。
劉備が孔明の手を劉表に重ねる。
——雨が強く降り始めていく。

虫夏　おまえは劉備の手を取った。おまえは劉備の手を取った。

雷鳴が鳴り――孔明はその場を離れていく。

劉備　おい孔明‼　孔明‼

追いかける劉備。

劉表　……何故やらなかった？
黄忠　御大将。あなたが謀で言ってるのか本気で言ってるのか……分からない歳じゃありませんよ。
劉表　……そうか。
黄忠　孔明の元に行きます。結果は私に預けてください。

黄忠がその場を離れていく。

劉表　……蒯越、我が配下を全員集めなさい。今後の方針を決める。
蒯越　分かりました。

——瞬間、劉表の体を剣が貫く。
曹操である。

劉表　曹操……。
曹操　生まれ変わりって知ってるか。大丈夫、すぐ逢えるさ。

死体に剣を突き立てる曹操。
後ろには甘夫人が震えている。

曹操　ほら言われた通りにしろ。方針を決めてくれ。
蒯越　……。
甘夫人　こんな事をする為に……
曹操　いいや、だらだらしてるから迅くしただけ。あなたへの頼みは違いますよ。

甘夫人に剣を握らせる曹操。

曹操　甘夫人、諸葛孔明に問いを投げかけたい。
甘夫人　……。

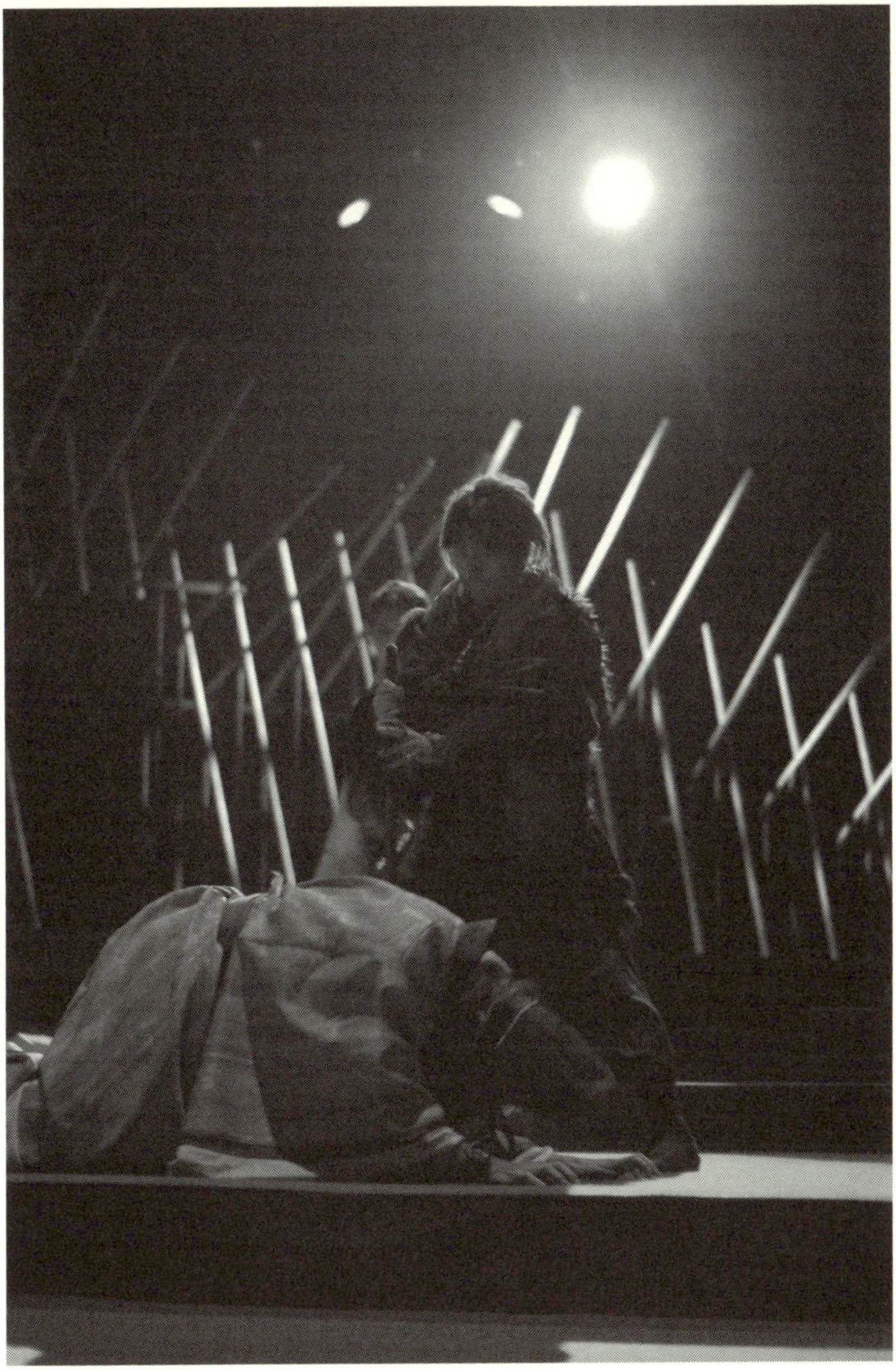

曹操　自分を死ぬほど愛してるものと、自分が死ぬ程愛してるもの。二つは守れないとしたら、どっちを選ぶかと。

甘夫人　……ふざけないでください！

曹操　一つを選べば、二つを殺します。それも付け加えて頂きたい。

甘夫人　曹操……

曹操　ああ、子は寝室でぐっすり眠っている、最初からね。

甘夫人　……阿斗……

曹操　あなたは、どっちだ。

笑う曹操。

雨が強くなっていく――。

舞台ゆっくりと暗くなっていく。

★

孔明が飛び込んでくる。

後を追いかける劉備。

劉備　孔明……‼　どうしたんだおまえ……。

孔明　……申し訳ありません。

虫夏　いいじゃん。あんたが天下を取るんだ、それでいい。

劉備　孔明……俺さ、時々おまえが怖くなるんだよ。だからさ……

――突然、劉備を斬りつける夏侯淵がいる。

劉備　うわっ‼
夏侯淵　狙いはおまえじゃねえから安心しな。そこの不細工なんだよ。
孔明　劉備様こちらへ‼
夏侯淵　てめぇが孔明か。あんた殺せばいいんだろこら‼　そしたら劉備はどうでも良くなる。
劉備　張飛‼　趙雲‼
夏侯淵　黙ってろ‼　ちょっと顔が良いからって調子に乗ってんじゃねえぞ。
劉備　孔明……‼……こいつの趣味変わってる。
孔明　そうですね。
夏侯淵　なんだこら‼

襲いかかる夏侯淵。
――張部がそれを止めに入る。

夏侯淵　てめぇ……。
張部　おまえごときでなんとかなると思うか？

夏侯淵　んだと⁉

張部が夏侯淵を一蹴する。
夏侯淵は張部に斬られ、うずくまる。

夏侯淵　てめぇ……。
張部　どうした……おまえを越えてやったぞ。
虫夏　ほら、また触ってるぞ孔明。

劉備が孔明にしがみついている。
——突然の張部の驚き。

張部　おまえ……‼

虫夏に驚く張部。
張部には、虫夏が見えている。

張部　……何故おまえがここにいる……‼

慌てて逃げ出す虫夏。

——静寂が響いている。

孔明　あなたは……

張郃　孔明……おまえも、業を背負ったか……。

舞台ゆっくりと暗くなっていく。

ACT Ⅱ　長坂の戦い

――客席。

張飛が客席をうろうろしている。

張飛　あれ、荊州着かねえな。また道迷ってんのか、俺!!　早くしねえと一幕が終わっちまうよ。ったく……やっぱり関羽の兄ぃがいねぇと調子狂うよなぁ。あれ……え？　終わってんのか!?　一幕終わってんのか!?

雷鳴が鳴り響き、舞台が始まっていく。

張飛　ええっ!?　始まるの!?　やっべええ!!　急がなきゃ!!

間違えて反対の方向に走っていく張飛。

雨が強く降り始めていく。

途端に雨が止むと――張部が座っている。

張部　天から雨水に乗るように。この世にやってきたんだよ。あんたの名を教えたげるよ。ほら、思い出してきたよ段々と。教えたげるよあんたの名。ひとつの天にひとつだけ。ひとつの生にひとつだけ。

誰かを想うように言葉を発する張部。
孔明がいつの間にか張部を見ている。

張部　あんたが背負って捨てるのさ。
孔明　あんたの名を教えたげるよ。
張部　天下の……

言葉を挟む孔明。

孔明　下にいる名だよ、龍生九子の子供だよ。生まれ変わるは……
張部　もういい。
孔明　私も何度も聞いた言葉ですから。
張部　いつからだ？
孔明　劉備様に馳せ参じた時から……時に月一度……日に二度……いつ来るかは分かりません。

張郃　馬鹿げた夢の話を信じるんだな。
孔明　それはあなたもでしょう。それに……
張郃　それになんだ？
孔明　龍生九子とあの子は言いました。ならば私以外に誰かがいたとしても、不思議ではない。
張郃　流石は「天下の伏龍」、孔明だな。
孔明　あの子ですか？
張郃　いいや、あの子ではない。私には四番目の子だと言った。
孔明　名は？
張郃　「誰か」——おまえにもきっとそう言ったろ？
孔明　いいえ、あなたの名を聞いたんです。
張郃　……張郃。官戸で曹操に敗れた袁紹配下だ。行先を迷ってここに来た。
孔明　それは嘘でしょう。

孔明が張郃を見つめている。

張郃　……何故？
孔明　あなた程の人を曹操が見つけない筈はありません。捕縛され、帰化を命じられた筈。
張郃　憶測だろう。
孔明　会った事はありません。ですが恐らく曹操が欲するのは人。人の上に大地を創っています。

張郃　たいしたもんだな、その通りだ。そして三行半を突きつけられたという訳だ。
孔明　……。
張郃　信じる信じないは構わん。ここで媚を売るつもりはない。
孔明　その治世に惹かれましたか？
張郃　馬鹿げた事を抜かすな。
孔明　あなたの君主が優れていると思っていますか？

一瞬――言葉を発しようとする張郃。

張郃　……袁紹は死んだんでな。
孔明　そうでしたね。
張郃　悠長に話している時間はないぞ。夏侯淵がここに来たとなれば……
孔明　恐らく劉表殿はそうでしょう……。
張郃　どうする？
孔明　襄陽に向かいます。
張郃　後継者を選んでいる間に曹操はこの地を蹂躙するぞ。選んでいる時間はない。
孔明　君主を選ぶのは民です。私たちは侵略者ではない。
張郃　それで荊州を取れるのか？
孔明　いずれ民は劉備様を選ぶでしょう。

張部　何故分かる？
孔明　生きていこうと思うからです。人を生かすのは、あの人が一番上手だ。
張部　劉備を買っているな。
孔明　自分が一番生きようと思っている人ですから。
張部　孔明……おまえの業は何だ？
孔明　……。
張部　天下の才を持ったおまえに、龍は何の業を負わせた？
孔明　天下の才など持っていません。私は一つ、間違いを犯しました。

自分の腕を見つめる孔明。

張部　どういう意味だ？
孔明　……生かさなければいけません。

歩き出す孔明。

張部　……。

張部が後を追っていく。

★

甘夫人が剣を持ったまま震えている。
飛び込んでくる趙雲。

趙雲　奥方様……‼

甘夫人を抱きしめる趙雲。

趙雲　どうされたのですか⁉　張飛‼　関平‼
甘夫人　阿斗を……あの子を……
趙雲　分かっています。大丈夫です。

兵士たちが飛び込んでくる。
構える趙雲。

兵士1　劉表様暗殺の疑……‼
兵士2　捕えろ‼
趙雲　何を言ってる⁉

必死で甘夫人を庇う趙雲。
黄忠がそこにいる。

黄忠　……。
趙雲　奥方様がそんな事をする筈がない。続けるのであれば……
黄忠　やめておけ。
兵士1　しかし……
黄忠　劉備……この荊州から出ていけ。二度と来るな。

黄忠が兵士を引き連れ、その場を離れていく。
関平が飛び込んでくる。

関平　趙雲様……!!
趙雲　おまえ達何をしていた!?　奥方様に何かあったらどう責任を取るつもりだ。
関平　申し訳ありません。劉備様の護衛を……震えていらっしゃいますので……。
趙雲　張飛は!?
関平　いえ……こちらへは戻っておりません。
趙雲　すぐに阿斗様をお連れしろ。早くだ!!
関平　ハッ!!

関平がその場を離れていく。

趙雲　奥方様……すぐに劉備様の元へ参りましょう。
甘夫人　いえ……孔明の所へ……。
趙雲　ですが今は……
甘夫人　曹操です。劉表様に手をかけたのは……
趙雲　……。
甘夫人　私を孔明の所へ……お願いですから……。
趙雲　……。

甘夫人を連れ、その場を離れる趙雲。

★

劉備が震えている。

劉備　やべえ……いやがる。誰かが絶対にいやがる。

誤魔化すように酒を飲む劉備。
劉備の元には「周倉《しゅうそう》」が仕えている。

劉備　周倉、趙雲はどうした⁉
周倉　夫人を守られていますので。
劉備　じゃあ張飛は⁉　関平は⁉　関羽がいねえんだぞ‼　俺を誰が守るんだ馬鹿野郎‼
周倉　……孔明様は間もなくこちらへ。
劉備　やべえんだ……震えが止まらねえ。絶対に誰かが厄災を持ってきやがった。いるんじゃねえかまさか曹操が……
周倉　私がここはお守り致します。
劉備　おめえじゃ弱えだろうが‼　意味ねえんだよおめえじゃ‼　さっさと呼んで来い‼
周倉　……ハッ。
劉備　いるんじゃねえだろうな……くそ、くそ……。

酒をあおる劉備。
気づくと虫夏がそれを見ている。

虫夏　あんたじゃないよ劉備、私は孔明を待っているのさ。
劉備　……。

――何故か振り返る劉備。

劉備　なんかいる‼　絶対にお化けがいる‼　孔明‼
虫夏　おや……。

逃げる劉備。
虫夏がそれを追いかける。

★

曹操が歩いている。
背後には荀彧。

荀彧　怒っていますよー。
曹操　何がだ？
荀彧　曹仁様が。単騎で荊州に進軍。死んだらどうするんですか？
曹操　夏侯淵がいたけどな。
荀彧　はん、どうせあんなもん見せかけでしょ？　殿も減点ですからね。
曹操　荀彧。俺の出した謎かけは解けたか？
荀彧　うーん。大体は見えた気がするんですけどねぇ。落ち着く場所は、「長坂」ですかねぇ。
曹操　そこまで見えれば充分だが、もう一つの方だな。
荀彧　ああ、自分を死ぬほど愛してるっていうあれですか？

曹操　孔明にも投げた。おまえがどう答えるか見物だな。
荀彧　うーん、どうせ殿は屁理屈ですからね。簡単には答えませんよ。

曹仁が飛び込んでくる。

曹仁　孟徳‼　おまえいい加減にしろ馬鹿もんが‼
荀彧　ほら。
曹仁　劉表を襲うとはどういう事だ‼　おまえは丞相になったんだぞ‼　もしもの事があったらどうするつもりだ！　ええ‼　おまえの覇を唱える為に、幾多の家臣がここまでやってきてるんだ‼　その気持ちを踏みにじるつもりか⁉　おまえはここで指示を出すと約束しただろうが‼
曹操　……ですが。
曹仁　ですがを言うな‼　何でおまえまで言う‼
曹操　分かった。そう頭ごなしに怒鳴るな。
曹仁　いいや！　俺は今回の事だけは折れんからな。堪忍袋の緒が完全に切れた。孟徳、一切の弁解の余地はないからな。
曹操　曹仁‼　ごめんね。
曹仁　馬鹿にしてるだろ。
曹操　さあ行くぞ。どちらせよ、治世が動いた。

曹仁　おまえがそうだから俺が下の奴らから舐められるんだぞ。馬鹿もんが……
曹操　だから俺たちの軍が成り立つんだ。おまえは大事な役目を担ってる。
曹仁　嘘つけ。
曹操　おまえがいるから俺たちは勝ち続けてるんだ。歴史が証明してるだろ。
荀彧　まあ、確かにそうですね。それに丞相は常に曹仁様の言葉に耳を傾けろとも言っています。
曹仁　え、そうなの孟徳？
曹操　当たり前だ。おまえの策は見事だ。見事なまでに平凡。つまりおまえが考える全ての事柄の逆。
曹仁　逆。
曹操　そう、逆が正解だ。
曹仁　駄目じゃねえかじゃあ！
曹操　そう駄目なんだおまえは。それがすごい。
曹仁　孟徳‼
荀彧　曹仁様、孟徳ではなく公の場では丞相と呼ぶ。そう決めた筈ですよ。
曹仁　うるさい！
荀彧　減点二です。
曹操　まあこいつと惇だけはガキの頃から一緒だ。許してやれ荀彧。

荀彧の紙を奪う曹操。

曹仁　孟徳……真面目に聞け。今おまえに死なれたら、俺らはどうなる？　荊州を落とせば後は呉だけだ。呉と全面対決をし、それを制すればこの中華を統一できるんぞ。俺たちの覇業が終わるんだぞ。その時におまえがいなくてどうする？　ガキの頃からの夢にいなくてどうすんだ。頼むから、危ない橋だけは渡るな。いいな。

曹操　曹仁……累計点数で斬首だ。死んでくれ。

曹仁　聞いてた俺の話?!

夏侯惇が飛んできて曹仁の首を狙う。

曹仁　何でだよ‼

夏侯惇　こんなとこでガキからの仲間を失うとはな。

曹操　泣けるな。

曹仁　一つ言う。おまえら狂ってる。

荀彧　昔から仲が良いんですね。

曹仁　俺はいじめだとずっと思ってた。

夏侯惇　軍議だろ、さっさとやろうぜ。

曹操　惇、おまえが先に来るとは珍しい事もあるな。

夏侯惇　おまえに聞きたい事が山ほどあったんでな。

曹操　聞いたところでおまえは分からんよ。
夏侯惇　その通り。だが何を求めてるかは俺にしか分からん。そこの荀彧にもな。
荀彧　そんな事ありませんよ。
夏侯惇　うろついてるぞ、劉備の周りにはあの田舎もんたちが。そして張郃もいない。孟徳、気づいてんだろ？
曹操　……。
夏侯惇　またダンマリか。
曹操　楽しまずに楽しむ。許褚から聞かなかったか？
夏侯惇　聞いたさ。だから俺が聞きたいのは一つ、孟徳。孔明に勝てるんだろうなぁ。
曹操　……どうだろうな。
夏侯惇　孟徳‼
曹仁　馬鹿もん‼　軍議をするなら全員を集めろ‼　分かる者だけの会話はいらん‼
曹操　全くだ。
曹仁　夏侯淵‼　許褚‼　夏侯淵‼

許褚・夏侯淵が飛び込んでくる。

曹仁　遅いぞ‼　呼ぶ前に来ていろ馬鹿もんが‼
夏侯淵　私が悪いよ。

曹仁　……どうした？
荀彧　初の敗戦に落ち込んでるそうです。
夏侯淵　私なんてもんはさ、ちっぽけな女だよ。私みたいなもんがさ……新しい事なんかないかな
曹仁　……でも私になんかどうせ……
夏侯淵　おい、おまえらしくないぞ。
曹仁　ありがとう。あんたの気持ちが初めて分かったよ。使えない奴の気持ち。
　うるせえよ。

許褚がサインを持っている。

曹操　どうした許褚？
許褚　王さん……有名人に会ったんだ。一度会ってみたいと思ってた人だ。
曹操　誰……？
夏侯惇　たぶんあれだろ。

孔明の格好をした楽進が入ってくる。

楽進　丞相……私は何の為にこの格好を……
曹操　いつか役に立つ。そんな気がする。

夏侯惇　立たねえよ！　どうみても違うだろ。
許褚　あの……ファンです。サインをください。

楽進はサインをする。

夏侯惇　するんだサインは。
楽進　僕の何処がいいの？
許褚　なんか小さい所が。
曹仁　抱き合うな。
荀彧　軍議を始める‼

曹操軍全軍が襟を正し、入ってくる。
整列する曹操軍。

荀彧　荊州王の劉表は病死、よってこの機会に乗じて平定する。この戦を以って来るべき呉との全面戦争に突入する。
全員　ハッ‼
荀彧　この戦は、丞相の大義である。天子を従え、洛陽《らくよう》から昇る旭と共にこの戦を……
曹操　荀彧。

荀彧　ハッ。
曹操　見せかけの鼓舞などいらん。おまえの戦をせい。
荀彧　ハッ‼　孔明暗殺――。これが我が曹操軍の然るべき最重要課題とする。何を以ってしても遂行せよ。荊州にも呉にも取られるな。孔明の首を、どんな手を使ってでも持ち帰れ。
曹操　だ、そうだ。
夏侯惇　そんなに危惧するタマか。劉備も孔明も。
荀彧　はい。後ろには民がいますから。
曹仁　荊州進攻が先だと思うが！
全員　ですが。
曹仁　もういいから‼

張遼が入ってくる。

張遼　こだわり方が尋常じゃないと思うんですがね。それは本当に荀彧なんですかね丞相。
曹操　まあ一種の恋だろうな。
張遼　孔明にですか？
曹操　劉備にだよ。恋焦がれてしょうがない。
夏侯淵　何それ？　恋ってなんだよ。
曹操　人を好きになるのさ。恋をするとな、胸が痛くなって欲しくなる。

夏侯淵　そうなのかー！　復活‼
許褚　ねえねえ。
楽進　何？
許褚　なんか色々言われてるけど大丈夫？
楽進　大丈夫。
張遼　裏がある気がしてならないんですがねぇ。色々と。
荀彧　張遼殿、あなたには丞相から任されてる事がありますが……
張遼　分かってますよ、孔明でしょ。言われりゃやりますが。
曹操　殺せ。

全員が張遼に刀を向ける。

張遼　どういう……
曹操　いらんぞ張遼。そう伝えた筈だが……
張遼　もう用無しって事ですか？
曹操　全員殺せば、俺まで届くぞ。孔明も守れるな。
張遼　ふざけるなよ。
曹操　こうでもせんと、おまえは本気になれんだろ？　いずれやるのか、今やるのか？　おまえの器を見せよ。

張遼　……。
夏侯惇　やめとけ張遼。今のおまえなんかものの数分だぞ。
夏侯淵　やろうぜ。おまえの鼻っ柱へし折ってやるよ。
曹仁　出ていけ。呂布と同じ事になる。
許褚　ねぇ、君の事で喧嘩になっちゃったよ。
楽進　空気読もう。
張遼　……なら後で。倍で返しますから。

張遼がその場を離れていく。

夏侯惇　そろそろ行こうや、時間が勿体ない。
曹操　全軍を以って進軍する。荊州など、敵にもならん。
全員　ハーッ!!
曹操　荀彧・曹仁。
荀彧　于禁・曹純は兵二万を以って江夏《こうか》から進軍!
于・純　ハッ!!
荀彧　夏侯恩・曹洪は同じく二万で直進!
恩・洪　ハッ!!
曹仁　李典・文聘は兵三万!　江陵《こうりょう》を見据え、右から進軍!

曹操　左だ。
全員　ハッ！
曹仁　楽進・曹休は俺が率いる！　東から共同で進む‼
全員　単独で‼
曹仁　もうよし！
荀彧　夏侯惇に兵五万、夏侯淵四万、許褚二万を持って丞相と共に進む。孔明を見つけ次第、単独をこれ良しとする。吉報を‼
三人　ハッ‼
曹操　さて行くぞ。この国を、生まれ変わらせてやろう。
全員　ハーッ‼

一糸乱れぬ隊列の中、曹操軍が進軍していく。

★

孔明、張部の元に趙雲に連れられた甘夫人が入ってくる。

趙雲　孔明殿‼
甘夫人　孔明……‼
孔明　劉表殿が……亡くなられたのですね。
甘夫人　……私が曹操に捕まりました。しっかりしていれば……

孔明　いいえ。それより趙雲、何故奥方様の傍を？
趙雲　許褚がこちらに向かっておりましたので……。
孔明　それを誰から？
趙雲　……。
張郃　事実だぞ。それさえも計算に入れてだ。
甘夫人　……曹操からあなたに伝えて欲しいと。
孔明　私に？
甘夫人　……自分を死ぬほど愛してるものと、自分が死ぬほど愛してるもの。二つは守れないとしたら、どちらを選ぶかと。
趙雲　奥方様……。
甘夫人　一つだけを選べば、二つを殺すと……。
張郃　……。
孔明　……曹操らしい言葉です。
甘夫人　あなたの命を狙っています。私とあの人は知っています、洛陽に身を寄せていたから。孔明……あなたはこの軍から離れてください。
孔明　そのようなわけには参りません。
甘夫人　あなたの命を！……何よりも大切にしてください……お願いだから。
趙雲　……。
孔明　奥方様……私には守らねばならぬ人がいます。心配しないでください。

張郃　それが答えか……？
孔明　……何がですか？
張郃　さっきの問いにだよ。綺麗事だけでここは乗り切れんぞ。
孔明　ならば力を、貸してもらえますね。
張郃　……。
趙雲　孔明殿……この方は？
孔明　きっと、劉備様の震えを止める方だよ。

関平が阿斗を抱いて走ってくる。

関平　奥方様……!!
甘夫人　阿斗……。

阿斗を抱きしめる甘夫人。
趙雲が見つめている。

甘夫人　良かった……本当に良かった……。
趙雲　孔明殿……甘夫人と阿斗様を……私に守らせてください。お願いします。
孔明　それがきっと、一番良い。

関平　私が劉備様を……父から言われていますので……。
孔明　口だけにならないようにね。

劉備が走ってくる。

劉備　孔明‼　やばい‼　やべえんだ‼　震えが……‼　阿斗‼
甘夫人　……無事です。
劉備　良かったな……おまえも大丈夫だったか……すまなかったな……‼
孔明　……頼みますね。
趙雲　はい……！
孔明　劉備様……劉表殿が……亡くなられました。
劉備　……曹操だな。
孔明　はい……。
劉備　だから震えが止まらねえんだ……。
孔明　もう止まっていますよ。
劉備　あ……本当だ。
孔明　本当にあなたのお陰かもしれません。
劉備　おお、あんた……。
張部　ふざけたことを抜かすな。

孔明　劉備様……私も……あなたを守らねばなりません。
劉備　頼むわ……趙雲も……頼むぞ。

頷く趙雲。

劉備　おまえも頼む……またしばらく苦労をかけるがな。
甘夫人　あなた……私はもう誰にも迷惑をかけたくありません。
孔明　襄陽《じょうよう》に向かいます。甘夫人の言うように、劉表配下に迷惑をかけず、ひっそりと向かいましょう。
趙雲　……はい。

張飛と周倉が飛び込んでくる。

劉備　張飛‼
趙雲　おまえ今までどこで何してた⁉　奥方様の所へ戻れと言ったろうが‼
張飛　それが、その……また道に迷って……
周倉　物販の所をうろうろしていらっしゃいました。
張飛　いやぁ申し訳ない……お土産と言ったら何なんだけど……これほらグッズ。

みんなに配ろうとする。

趙雲　いらねえよ。
孔明　張飛……お金は払ったのですか？
張飛　いえ……。
孔明　戻りなさい！
張飛　はい！
劉備　この際良くないか⁉
張飛　孔明さん俺の事嫌いですか？
趙雲　張飛、襄陽に向かう。兵の数は無いに等しい。帯を締めていくぞ。
張飛　任せとけ‼　こっから先は絶対に俺が守ってやる。
劉備　行くぞ、甘。

立ち上がる甘夫人。
黄忠がゆっくりと入ってくる。

黄忠　……。
趙雲　あんたの言う通り、二度と顔は見せん。それでいいだろ？
黄忠　兵五千と馬を用意した。それぐらいありゃなんとかなるだろ。

劉備　黄忠さん……。
黄忠　あんたらの為じゃねえ。そこに劉琮《りょうそう》様がいる、劉表様の御子息だ。何かあれば助言をしてやって欲しい。
孔明　荊州の家臣達は？
黄忠　降伏だなんだって騒いでるけどな……大将がいなきゃ決議はできねえよ。俺の知ったこっちゃない。
孔明　あなたはどうするんですか？
黄忠　やられっぱなしじゃ大義に反するんだよ。
張郃　どう考えても厳しいぞ。
黄忠　厳しい厳しくないの問題じゃねえんだ‼　俺の御大将は一人なんでな。

立ち去ろうとする黄忠。

孔明　良い君主でした。真に国を憂い、想う……私はここで劉表様を知りました。
黄忠　その言葉、生きてる内に聞かせてやりたかったぜ。

黄忠が去っていく。
すれ違いざまに虫夏が入ってくる。

虫夏　はっきり言ってあげればいいのに。天下の才で……死ぬだけだってね。
趙雲　張飛！　行くぞ。
張飛　あいよ。
趙雲　行きましょう、劉備様。
虫夏　こいつらにもさ、なんていったってあんたは劉備に触ってる。
劉備　甘を。
趙雲　はい。
孔明　劉備様……皆へ。
劉備　よし、とりあえず生きろ。
虫夏　おい……‼

趙雲、張飛に連れられ甘夫人たちが出ていく。

虫夏　おい……あんた……おい……‼
孔明　先に行っています。ついて来てくれると、思っています。
虫夏　おい‼

孔明もその場を離れていく。

虫夏　あんた……
張部　分からんのか……？　無視してるんだよ、それが一番良い。
虫夏　あいつ……。
張部　逆らってるんだろ、業に。
虫夏　ああ！　あんたに見つかるとやばいんだった。
張部　下らん夢もどきにもルールがあるんだな。
虫夏　あんたの業……「人を殺さなきゃいけない」だろ。

立ち止まる張部。

虫夏　大変だねぇ……あんたの立場じゃ。

歩き出す張部。
だが咳き込み、崩れ落ちる。
ゆっくりと立ち上がり、歩き出す張部。

★

場面変わって、曹操軍が敵を蹴散らしていく。
夏侯惇、許褚、夏侯淵、曹仁がそれぞれの場所で戦っている。
曹操も加わり、荊州へと入っていく。

★

——襄陽。

劉備が飛び込んでくる。

劉備　劉琮殿——‼　頼む‼　頼む頼む頼む——‼　助けてくれ！　な！　助けてくれ助けてくれ‼

傍らには、一人の宰相、「蒯良《かいりょう》」がいる。

蒯良　劉備殿。
劉備　俺を匿ってくれ‼　この襄陽に俺を置いてくれ。そうでねえと、本当に大変な事になるんだ。あんたも天下の器量だ。今の曹操がどんだけの力を持ってるかぐらい分かるだろ。

傍らには、張飛・関平・趙雲がいる。

蒯良　劉備殿。劉琮様は後継問題に揺れる身である為……
劉備　同じ劉の姓を持つ末裔同志じゃねえか。ここを助け合わねえと、漢帝国の復興なんて出来るわきゃあねえ。
張飛　どっかで見た事ある光景だな。

関平　はい。
趙雲　そうなの？
張飛　たぶん次ね……
蒯良　今は分って頂きたい。
劉備　民草の為だ‼
張飛　ほら来た。
劉備　これ以上あいつらが戦のねえ国造りをしてえんだよ。この世に一番大事なのは民草なんだ。民草なんだ。民草なんだ。
張飛　何で三回も言うんだよ。
劉備　馬鹿野郎、同じ言葉を三回言えば大抵の奴は受け取ってくれるんだよ。俺はこれだけでここまで登ってきたんだ。
趙雲　それだけなんですか？
劉備　それだけだ馬鹿野郎。ほら、おまえらも協力しろ。
張飛　孔明さんはどうしたんですか？
劉備　ここは俺自らで行かなきゃ礼を逸するって言われたんだよ。しょうがねえだろ。ほら早く‼
張飛　わかった‼……趙雲‼
趙雲　何で？
張飛　ひとっつも出てこねえ。

趙雲　もう……一目だけでもいい。劉琮様にお逢いしたい。
蒯良　それはなりません。
趙雲　黄忠殿から兵もお借りした。劉琮様への進言を仰せつかったからだ。
蒯良　それは分かっています。ですが……
劉備　蒯越ちゃんあんたも初めて会った仲じゃないだろうが。四の五の言わず話通してくれよ。
蒯良　……私は……
声　しつこいぞ疫病神が‼

入ってくる一人の男。
劉表にそっくりな男の名は、「劉琮《りゅうそう》」である。

劉琮　俺がおまえらに会いたくないと言ってるんだ。
劉備　ええ⁉
劉琮　なんだよ？
劉備　そっくりなんだけど……なあ。
劉琮　親子なんだから当たり前だろ。
蒯良　劉表様の御子息・劉琮様でございます。
劉備　……なんだか、悲しみも半減するよね。
関平　はい。

劉琮　今は忙しいんだよ、兄貴と荊州を争っててな。
劉備　それは分かってんだ。だから……
劉琮　今も兄貴と会談してんだ。荊州の未来を含めてな。出ていけ。
劉備　そこに関しては俺らも相談を受けてたんだぞ。
劉琮　いらん。疫病神の劉備玄徳を匿ったとなれば、荊州は中原に刃を立てるのと同じ事になるからな。
劉備　俺は曹操とやり合うつもりはねえさ。
劉琮　そう言って何処の国でも言ってきたんだろ。
張飛　そんな事はねえぞ‼　兄ぃはいずれ天下を取るんだ‼
劉琮　なら尚更匿えないだろ。
張飛　今は……
趙雲　やめとけ張飛。逆効果だ。
関平　ですが……
趙雲　今は、俺たちの君主を信じよう。
劉琮　分かったたか、門を開けるつもりはない。死んだ親父が何を言おうと俺は俺だ。この荊州は俺のものになるからな。
劉備　出ていかねえぞ、門を開けてもらう。
劉琮　聞いてなかったたか？　そのつもりはない。
劉備　それでもだ。

劉琮　おい……
劉備　あいや分かった‼　劉琮さん……俺の話を聞いてくれ……俺は蓆を売っていた。民草と同じだ、この地に根付く……
劉琮　そういうのいいから‼　大丈夫だから‼　聞く気もねえから。
劉備　……お手上げだぜ。
張飛　どうすんだよ‼　趙雲！
趙雲　俺が馬鹿だった。
劉琮　荊州を明け渡す。

驚く劉備たち。

劉備　それは……
劉琮　降伏するって事だ、曹操にな。荊州渡して、それなりの官職がもらえりゃ俺はそれで良いんだよ。こいつらの分もまとめてな。
劉備　……やめときな劉琮ちゃん。
劉琮　君主ってのはな、頭が良くないといけないんだぜ。どっかの誰かさんみたいに頭のいい軍師さんに任せきりじゃ、小さな国の一つも持てやしねえよ。
劉備　てめえの親父の志を無にするのか馬鹿野郎‼
劉琮　こういう時代だ、しょうがないだろ。ついでにおまえと孔明の首でも出しゃ、曹操も喜んでくれるだろ。

劉琮の兵士が出てくる。

劉備　趙雲……孔明んとこ飛んで知らせてくれ。とんでもねえ馬鹿野郎だってな。
趙雲　……劉備様は？
劉備　張飛がいるから大丈夫だ。
関平　私もいます。父から……
劉備　張飛がいるから大丈夫だ。
趙雲　分かりました。

兵士たちの真ん中を割って走っていく趙雲。
構える張飛たち。

声　やめないか‼
劉備　え……⁉
劉琮　くそ……兄貴が来やがった。兄貴‼　ここは俺に任せるって……

劉琮がいなくなる。

蒯良　会談中でしたので……
張飛　兄ぃ、こんなとこ捨てて他を探せば良いじゃねえか。俺はこんな奴らと仲良くはなれねえぞ。
劉備　駄目だ。これが孔明の案だ。何が何でもこいつらを説得して……

入ってくるひとりの男。
劉琮にそっくりな男の名は、「劉琦《りゅうき》」である。

劉琦　待たせた。
劉備　同じじゃねえか‼
蒯良　劉表様の御子息・劉琦様でございます。
劉琦　弟が失礼な事をした。申し訳ない。私たちは親子三代で良く似ていると言われる。
劉備　じゃあ他にもいるの。
劉琦　ああ。従妹、はとこに至るまで24人。みんな同じ顔だ。
劉備　あっそう蒯越ちゃんも良く間違えないね。
蒯良　私は蒯越ではありません。
劉備　ええ⁉
蒯良　蒯越の兄・蒯良でございます。

張飛　一緒だよな。
蒯良　いえ、眼鏡のここが違います。
張飛　知らねえよ！
劉備　なんだこの国。
劉琦　おまえたちも下がれ、客人に礼を失する荊州ではないぞ。劉備殿、降伏はまだ決まった事ではない。協議中だ。
劉備　じゃあ……
劉琦　荊州を守りたい。親父が命を懸けた事を私は知っている。
劉備　ここに匿ってくれるのか？
劉琦　だが後継者は……弟になるだろう。私もそれが良いと思ってる。
劉備　何で？
劉琦　民が混乱している、そして私は自分を知っているからだ。私にはまとめる事はできない。
張飛　そんな事ねえよ、あんたの方が良いぜ。
劉琦　ありがとう……少しの時間、待っていて欲しい。弟と相談しよう。
声　そんなわけいくか‼
劉琦　劉琮‼　後継者としての威厳が足りんぞ‼

劉琦が出ていく。
劉琮が戻ってくる。

劉琮　兄貴の言葉にほっとしてんじゃねえぞ疫病神。俺は匿うつもりなどさらさらさない。
劉備　あのさ……
声　その言葉遣いは何だ？
劉琮　うるせえ！　何か文句あるのか、国をくれんだろうが。

劉琮が出ていく。
劉琦が戻ってくる。

劉琦　失礼をした。許してほしい。
劉備　なんなのこれ……
蒯良　劉表様の……
張飛　別にいいから‼
劉琦　私はね……君たちを……
声　兄貴‼
劉琦　劉琮まったく……
劉備　もういいから‼　ここまで来てミニコントみたいなの見たくないから。
張飛　時間おしてんだぞこの野郎‼

兵士が入ってくる。
名を、「張允《ちょうりょう》」。

張允　ご報告申し上げます!!　劉表様配下蒯越・蔡瑁ら12名の独断により、曹操に降伏の儀を献上——!!
劉琦　なんだと？
張允　曹操軍全軍が、荊州に進軍しております!!
劉備　はええにも程があるぞこのやろう!!
劉琦　我ら兄弟は何の采配も……
劉備　劉琦ちゃんよ!!　あんた逃げな……やられるだけだから。
劉琦　……。
劉備　張飛!!
張飛　あいよ!!
劉備　急いで支度するぞ、孔明はきっと考えてる筈だ。

その場を離れていく劉備たち。

★

場面は襄陽——川のほとり。
川の水がさらさらと流れている。

孔明が景色を見ている。
そこに入ってくる張部、酒を持っている。

張部　……気楽なもんだな。
孔明　好きなんですよ……こういう自然以外に何もない所が……。
張部　それを荒らすのが……戦だぞ。
孔明　そうですね。
張部　飲むか？
孔明　いえ……私は酒を飲みません。
張部　飲めんのか？
孔明　いえ……飲むのは、自分が何もできないと感じた時だけです。
張部　そんな時がおまえにあるとは思えんがな。
孔明　ありますよ……これでも。人ですから。

小さく微笑む孔明。

張部　答えは出たか？
孔明　何がですか？
張部　曹操の問いだ。答えはあるのか？

孔明　あなたなら、どう返します？
張部　……。
孔明　きっとあなたにもある筈です。

酒を飲む張部。

張部　……曹操の詭弁に付き合う気はない。
孔明　あなたにもこの問いを投げていると、私は思うんですけどね。
張部　私に？
孔明　ええそうです。あくまで、推測ですが……。
張部　守れない強さなどはいらん。どちらかを選ぶつもりはない。
孔明　それでは自ら死を選ぶのですか？
張部　一つを選んでも、結局二つを殺されるんだろ？
孔明　そうでしたね。
張部　死ぬ前にもうひと暴れくらいはしてやるさ。守れるかの判断は、あの男ではなく私だ。
孔明　良い答えだと、思います。
張部　おまえはどうだ？
孔明　……正直に言うと、答えは出ていません。
張部　それだけは慎重なんだな。

孔明　本当に出てはいないんですよ、その酒を飲みたいくらいにね。

微笑む孔明。

張部　どちらにせよこの戦に懸けてくるだろう。荊州は助からんぞ。
孔明　はい。
張部　いずれ降伏するだろう。そうなればこの襄陽など何の意味も持たない。
孔明　はい。
張部　分かっていたか。そこに考えはあるんだな。
孔明　劉備様次第……ですね。

曹操軍の兵士が襲いかかる。
張部がそれを、一息に斬り刻んでいく。

兵士　ぐっ……。

瀕死の曹操軍兵士を、張部は追い詰めるが、一瞬躊躇う。

孔明　いいのですか……？

張部　……。

兵士を斬り殺す張部。

張部　ひとつ……曹操は業を知っているぞ。つまりは選ばれてる可能性が高い。
孔明　そうですか……。

兵士が一斉に攻め込んでくる。
趙雲が飛び込んできて一網打尽にする。

趙雲　孔明様……‼　荊州は劉琮が引き継ぐ模様、そして君主の返答を待たず、降伏致しました。
孔明　分かりました。
趙雲　曹操軍は全軍を持って荊州へと侵攻しております。
張部　その次はこの襄陽だな。
趙雲　私が劉備様への元へと……。

魯粛が入ってくる。

魯粛　曹操軍は、荊州に二刻で着くと思われます。

趙雲　おまえ……。
魯粛　軍勢は夏侯惇五万、夏侯淵四万を含む二十万。中華最大の侵攻です。
趙雲　話を聞く気はないと伝えた筈だ。
魯粛　孔明殿、説得をして頂きたい。趙雲様だけでなく、劉備様も。そうしなければ、全ての国は曹操孟徳のものになります。
孔明　あなたは……
魯粛　孫権配下……魯粛子敬……密命を持って参りました。
趙雲　おまえ……呉の人間か。
孔明　話しなさい。
魯粛　劉備様へは是非ともこの窮地を切り抜けて頂きたい。それ次第では、孫呉にも考えがあると。
張郃　……。
魯粛　孫呉は、劉備様との同盟を考えております。
趙雲　!?……。

驚く趙雲達。
舞台ゆっくりと暗くなっていく。

★

張遼が一人で戦っている。

夏侯淵が飛び込んでくる。

夏侯淵　くそ野郎……前から殺りたいと思ってたんだよ。
張遼　そんな卑猥な事言うなよ。
夏侯淵　どういう意味だ？
張遼　俺はおまえに興味がないんでな。勘弁してくれ。

戦いながらその場を離れていく。

★

黄忠が戦っている。
必死に応戦するが、多勢に分が悪くなり——夏侯惇・許褚により、斬られる。
——場面は、曹操軍・幕下に変わっていく。

荀彧　えー名を黄忠漢升。荊州に老黄忠ありと恐れられた男です。
曹仁　こいつがあの黄忠か……。
許褚　有名だったんだな、おまえ。何で老黄忠なの？
荀彧　荊州各地が続々と降伏する中、一人私兵二千を以って奮戦しておりました。我が配下の李典・文聘二万はほぼ壊滅状態です。
曹操　たいしたもんだ。

黄忠　てめえと会話する気はねえんだよ。さっさと殺せ。
曹仁　口の利き方に気をつけろ‼　誰にものを言ってる。
黄忠　おまえら全員に言ってんだよ、クソ曹操軍。
曹仁　貴様……！
曹操　曹仁、おまえが悪い。
曹操　年上にため口を聞いてる。おまえが口の利き方に気をつけろ。
曹仁　大して変わらんだろうが‼
曹操　歳はいくつだ？
黄忠　七十四。
曹仁　ええっ⁉　七十四歳なの？
黄忠　年齢よりは若くは見えるってよく言われるよ。
曹仁　そういう問題じゃねえだろ！
曹操　憧れるな。
許褚　うん。
黄忠　そんな良いもんじゃねえよ。成長するのがちょっと遅かっただけだ。
曹操　黄忠、おまえに聞いておこう。
黄忠　何だよ？
曹操　脇毛が生えたのは幾つだ？
黄忠　えー四十一……どうでもいいだろうが‼

曹仁　そうだよ！　さっさと首を斬れ。

曹仁の首を斬ろうとする。

曹仁　俺じゃねえだろ!!
荀彧　累計が……。
曹仁　孟徳!!
曹操　まあ待て。
許褚　仲間に入れるのか？
荀彧　斬った方が良いと思いますよ、丞相。劉備とも繋がっています。
黄忠　ふざけた事抜かすな。あいつらが勝手に来ただけだ。
曹操　どうだ黄忠、俺の所に来るか？
曹仁　おまえはまた……!!
黄忠　……馬鹿言え。
曹操　好きなだけ殺せるぞ。
黄忠　俺はおまえが大嫌いなんでな。
曹操　知らんだけだろ。
黄忠　知る気もねえが。
曹操　なら知ってみろ。後悔はさせねえよ。

黄忠　俺の御大将は一人なんだよ。
曹操　下らんな。
黄忠　それが大儀だ!!
曹操　離してやれ。

黄忠の包囲を解く曹操軍。

黄忠　いいのか？　今この場でおまえをぶっ殺すぞ。
曹操　もう一度聞く。俺の所に来るか？
黄忠　殺してやるよ。
曹操　やってみろ。
黄忠　何だと？
曹操　おまえの大義に懸けてな。丸腰でおまえの前に立ってやる。
荀彧　丞相。

剣を置き、黄忠の前に立つ曹操。

黄忠　……。
曹操　どうした？　おまえの大義には合わんか？

黄忠　屁理屈を抜かすなよこら。
曹操　おまえも同じだろ。てめぇのやりたいようにやってるだけだ。それを大義と偽るな。
黄忠　黙れ……。
曹操　大義なんてもんは国にはいらん。やはり歳だけは取ってるなおまえは。
黄忠　曹操‼
曹操　どうした……？　やれよ。
黄忠　……殺せ。
曹操　仲間になるか？
黄忠　殺せ‼

黄忠を殴り倒す曹操軍。

曹操　この男を野に放て。
曹仁　おまえ……。
黄忠　貴様……。
曹操　生きたいなら命乞いでもしてみろ。それがおまえには合ってる。おまえの大義にはな。
黄忠　……。
曹操　次に遭った時は殺すぞ。俺もおまえが嫌いなんでな。

連れられていく黄忠。

曹仁　ふざけている時間はないぞ。

曹操　曹仁、許褚、楽進。兵二万を持って襄陽を攻めよ。ケツを叩いてやれ。

許褚　ハッ。

曹仁　……。

許褚・曹仁・楽進がその場を離れていく。

荀彧　……殿。

曹操　答えは出たか荀彧？　孔明と呉には負けるなよ。

荀彧　まだ出ていません。

曹操　おまえが今のところ二人に勝てるのは迅さだけだ。

荀彧　ならば……業とは何ですか？

曹操　……知らん。だが、戦っている意味、だろうな。そう思わんか？

曹操の行く先に夏侯惇がいる。

夏侯惇　……。

戦っていく夏侯惇がいる。

★

震えている劉備がいる。

劉備　また出て来やがった……やべえ……駄目だちきしょ……止まれ……止まれ……。

張飛、周倉が表からやってくる。

張飛　兄ぃ。
劉備　張飛よ……くそ、やる気になってんのにこれが来ると駄目なんだ俺は。
張飛　くそくそ……。
劉備　気張れ兄ぃ……‼　大丈夫だ、俺が守ってやる。
張飛　なあ張飛……なんで関羽は来ねえんだよ……孔明の策は間違ってるんじゃないだろうな……関羽がいりゃ俺達だけでも助かる……
張飛　兄ぃ‼
劉備　……分かってんだ……自分でもみっともねえってことは分かってんだ……だけどこれが来ると駄目なんだ俺……。

張飛　あんたは俺が守ってやる。忘れんな。
劉備　張飛……。

趙雲に連れられ、甘夫人がやってくる。

甘夫人　あなた……!!
劉備　甘……!!
趙雲　間もなく、孔明様もいらっしゃいます。
張飛　襄陽には使える兵士は人っ子ひとりいやしねえ。趙雲、襄陽は荊州よりやべえぞ。
劉備　逃げるぞ。こんな所にいたら殺されるから、逃げるぞ。
甘夫人　皆を連れて行ってください。私は最後でいいですから。
劉備　そんな綺麗事を言ってる場合じゃねえんだよ!!　生きなきゃ意味がねえんだぞ。あ……。

震えが止まらない劉備。

趙雲　劉備様、決断して頂きたい事があります!!
劉備　くそ……くそ……
趙雲　呉から使者がやって参りました。
張飛　呉って!?

趙雲　この窮地を乗り切れば、呉との同盟の可能性があります。
張飛　兄ぃ！
劉備　くそくそくそ……
趙雲　その為に孔明様から策を頂きました。
劉備　もういい……俺に選ばせるな……。
趙雲　同盟を組めれば、あの曹操を討てるのです‼
劉備　馬鹿言え……。
趙雲　劉備様‼
劉備　馬鹿言ってんじゃねえよ馬鹿野郎馬鹿野郎馬鹿野郎。曹操を討てると思ってんのか？　趙雲、おめえは知らねえだろうが。知らねえからそんな事が言えるんだよ。
張飛　兄ぃ‼
劉備　うるせえ‼　俺はずっと知ってんだ‼　黄巾の時からずーっとあいつが近くにいやがった。あいつは俺の近くで笑ってんだよ。おまえなんかいつでも殺せるって面で笑ってんだよ‼　何やっても全部見透かしやがる。呂布と組んでも駄目だった、袁紹と組んでも駄目だった。だから逃げてんだよ‼　ずっとずっと逃げてんだ。

劉備一人に光が当たっていく。

劉備　でも追いかけてくる……またあいつは追いかけてくるんだよ……笑いながら俺を殺しに来

るんだ……。俺のものを全部奪うんだ……。

劉備の見る先に曹操がいる。

曹操　劉備……おまえはたくさんのものを持ってるな。
劉備　ふざけるな。
曹操　一度換えてみるか？
劉備　ふざけんなふざけんなふざけんな……許してくれよ……もう勘弁してくれよ。もう追いかけまわさないでくれよ……天下諦めるから……
曹操　劉備。
劉備　うわあああああ……!!

逃げていく劉備。

★

場面はそのまま曹操に移っていく。
夏侯惇と荀彧が劉琮を連れてくる。

荀彧　荊州太守、劉琮でございます。
劉琮　……反逆の意志もねえぞ。誰一人の血も流さずに荊州を明け渡してやったんだ。評価はし

夏侯惇　てもらいたいな。
劉琮　おまえなんかいなかったけどな。
夏侯惇　結果がそうなってんだから同じだろ。
劉琮　まあそうだな。
曹操　劉備軍に追討の命も出しといた。これでどうだ？　官職の一つでも貰いたいんだが。
劉琮　……。
荀彧　返事を頂きたいもんだが。曹操さんよ。
劉琮　丞相がもっとも大切にしているのは人です。
なら話が早い。

夏侯惇が一刀のもとで斬り伏せる。

荀彧　話に値する人、でありますがね。
夏侯惇　無血開城ってのは嘘だぜ。おまえが死ぬからな。

切り刻む曹操。

劉琮　曹操……。
曹操　生まれ変わりって知ってるか……あれ、どっかで言ったなこれ。

劉琮　……悲しい。
曹操　大丈夫、たぶんまた出てくる。
劉琮　本……当に？

剣を突き立てる曹操。

夏侯惇　孔明へは俺が行く。そこに辿るまで全部な。

歩き出す夏侯惇。

★

甘夫人と趙雲だけが残っている。

趙雲　孔明様の所へ行きましょう。
甘夫人　趙雲……あの人はみっともない人です。ですが、許してあげてください。
趙雲　勿論です。
甘夫人　私は責められない……だって私も同じだから。
趙雲　……それなら、私もそうです。
甘夫人　……。
趙雲　正直になってみました。とりあえず、生きなきゃいけないから。

微笑む趙雲。
甘夫人の手を取り、連れていく。

★

逃げている劉備。
張飛が追いかけてくる。
——目の前で、民衆が騒いでいる。

劉備　これ……。

孔明と張部が入ってくる。

張部　民衆が暴動を起こしてるんだよ。治世の不安でな。
孔明　あなたのせいかもしれませんね……あなたがいなければ、不幸を呼ばなかった。
劉備　ふざけんなよちきしょう……。
孔明　曹操に明け渡せば、静まると思います。
劉備　策を言え孔明‼　そんな事を聞きたいんじゃねえ……どこまで馬鹿にするんだ。

劉琦と蒯良が入ってくる。

劉琦　なんだか……色んな意味で忙しいな私は。
劉備　おまえと話している時間はねえんだ。俺らは逃げるぞ孔明。
孔明　なりません。
劉備　何でだよ!!　だったら策を言え……早くだ……あ……まだ……まだ……。
張飛　孔明さん、今の兄ぃは冷静じゃねえ。だからなんとか……
孔明　策を伝えます。

趙雲と関平がやってきて、劉琦と蒯良に刀を向ける。

劉琦　何を……。
孔明　この者達を殺します。
張飛　孔明さん……！
孔明　劉表一族を全て殺し、この城を奪うのです。そして籠城します。
劉備　孔明おまえ……。
孔明　大丈夫、目の前にいる十万の民を人質に取れば、曹操軍もなかなか手は出せぬでしょう。
張飛　そんなわけいくか!!　大義に反する!!
孔明　この世に大義などはありません。
張郃　おまえ……。

孔明　これが、あなたの言った「とりあえず」の生きる道です。
劉備　孔明……震えが止まらねえんだよ……
孔明　決断を……私があなたを生かしましょう。
劉備　止まらねえ……。
孔明　趙雲、劉琦を殺しなさい。
趙雲　……わかりました。
張飛　趙雲‼

甘夫人が入ってくる。

甘夫人　あなた……。
劉備　甘……俺を引っぱたいてくれや。いいから……早くやれ……震えが止まらねえんだよ。
甘夫人　……。

甘夫人が劉備を引っぱたく。

劉備　ならん殺すなぁ‼　孔明、殺すんじゃねえ。
張飛　劉備様……。
劉備　逃げるんだ‼　逃げて逃げて逃げまくる‼　誰一人も殺しはしねえ‼

俺らはただ勝手に逃げるんだ‼

——民衆の大歓声が巻き起こる。

趙雲　これ……。
孔明　分かりました。そうしましょう。

全員が驚いている。

張飛　兄ぃ……民が騒いでるぞ‼　連れてけって騒いでる‼
劉備　孔明……。
孔明　劉備様……これがあなたを死ぬほど愛してるものです。あなたが死ぬほど愛しているものは……何ですか？
劉備　俺は……
張郃　最初からこうなる事を予想してたな。
孔明　どうせなら曹操の問いを大きくしようと思いまして。私達だけでは、癪に障ります。
張郃　……。

魯粛が入ってくる。

魯粛　長江までの道は私がご案内致します。
甘夫人　趙雲……。
趙雲　行きましょう。あなたの思いを、劉備様は叶えてくれました。そして、孔明殿も。
孔明　劉備様。御決断を。

民衆に向かう劉備。

劉備　……民衆ども!!　曹操は本当に、こええからな。とりあえず逃げれるところまで逃げるぞ――!!
張飛　よっしゃあ――!!

――民衆の歓声が巻き起こる。
劉備、張飛、甘夫人と趙雲がその場を離れていく。

劉琦　やられた――と言った方が良いのかな。
孔明　民がいなくなれば、曹操はこの城に興味を持ちませんから。
劉琦　後は我々の問題、か。蒯良、弟に伝令を出せ。
蒯良　わかりました。

劉琦たちがその場を離れていく。

孔明　私達も、行きましょう。

張郃　孔明……曹操は私をあえてこの場によこした。それを忘れるな。

孔明　……。

張郃　真意は私にも分からん。だがこれさえも想定していたとすれば、まだ何かが起こるぞ。

孔明はその場を離れていく。
いつの間にか虫夏がそこにいる。

虫夏　あったりまえじゃん。

張郃　おまえの担当は私でない筈だが……。

虫夏　だってあいつしかとしてんだもん、私の事。龍生九子に逆らった奴なんて、初めて見たよ。

張郃　二人目も多分いるぞ。

虫夏　あんたは無理。どっちにせよ、病で死ぬから。

張郃　……。

虫夏　目にもの見せてやる。

張部がその場を歩き出していく。

★

戦乱の中――曹操と荀彧が戦況を見ている。

荀彧　えー劉備軍の大逃亡は疲弊を極め、足取りは重くなっております。

曹操　我が軍五万は打ち取られましたが、劉備軍は残り五千。十五万対五千の対峙です。

荀彧　続けろ。

曹操　えーですが民は続々と劉備の後ろについております。現在、十二万を越えました。私の予想では二十万は行くと思われます。

荀彧　我慢比べか？

曹操　劉備軍と曹操軍が対峙する最後の場所は……。

荀彧　長坂だな。

曹操　はい。

荀彧　ここまでは上出来だぞ荀彧。

曹操　謎かけも業の意味も分かっていませんから誉めないでください。

荀彧　解けると嬉しいぞ、そこに天下がある。

曹操　あなたは試していますから絶対、私たちを。

荀彧　すんなり取れる天下はすんなり転ぶさ。人によってな。

深いなぁもう。

曹操　人にも神にも選ばれる人生などいらん。自らを選んでやれ。
荀彧　ハッ。劉備軍の民草はどうします？
曹操　夏侯惇に聞けぃ‼

夏侯惇が戦っている。

夏侯惇　民草は殺すんじゃねえぞ‼　狙うのは劉備軍だ‼
荀彧　劉備軍残四千。

夏侯淵が戦っている。

夏侯淵　武器持ってる奴はどうすんだ片目野郎‼
夏侯惇　捨てるぐらいの戦い方をせい‼　それが覇業ぞ‼
夏侯淵　くそがよ——‼
荀彧　劉備軍残三千。

許褚が戦っている。

許褚　王さん、これ楽しくねえぞ‼

曹操　答えを出せ許褚。
荀彧　残二千。

夏侯惇、許褚、夏侯淵が斬り刻んでいく。

荀彧　残千。
曹操　兵力を分断。あの劉備を丸裸にしてやれ。
荀彧　各部隊に告ぐ。江陵を占拠し、そこから劉備軍本体を突く‼
夏侯惇　孔明は俺だぞ。
夏侯淵　ふざけんじゃねえぞ‼
荀彧　各将軍には指示を出す。この戦を持って天下と成す‼　帯を締められよ！

全員が戦っていく。

★

張飛が孤軍奮闘している。

張飛　どんだけいやがるんだこの兵は‼

逃避行を続ける劉備軍。

趙雲　劉備様、民草が遅れをとっております。これ以上進軍を続けるのは……。
劉備　駄目だ。先に進む。
孔明　劉備様、ここは我慢比べです。
劉備　分かってる。
孔明　あなたの震えと戦ってもらいます。
張郃　この進みでは、江陵から必ず曹操軍本体が来る。そうなれば、いかに我らでも全滅だ。
孔明　劉備様、甘夫人と阿斗様と離れることも、覚悟してください。
劉備　甘と……。
孔明　あなたを生かすための戦です。
劉備　……。
張郃　ゆっくりと進むぞ。はったりの器の見せ所だろう。

進んでいく劉備軍。

★

甘夫人がうずくまっている。

飛び込んでくる周倉。

周倉　奥方様……!!

甘夫人　孔明を……呼んでください。
周倉　しかし……
甘夫人　早く……お願いします。
周倉　……ハッ!!

走っていく周倉。

★

劉琦が戦況を見つめている。
黄忠が入ってくる。

黄忠　……江夏に向かいます。
劉琦　黄忠か……。
黄忠　体制を立て直しましょう。命に代えてあなたを守ります。
劉琦　江夏には私一人で行く。
黄忠　何故……!?
劉琦　親父は共に育ったおまえの器をいつも思っていた。本来なら国を任せるべき器だとな。せっかくの戦だ……荊州に老黄忠あり、その名を響かせてやれ。
黄忠　劉琦さま……。
劉琦　親父の為に孤軍で戦ってくれた事、誇りに思う。ありがとう。

黄忠　私は……。
劉琦　逃げれば花を咲かせたとは言えないんじゃないか？　なんといっても、おまえは遅咲きだ。
黄忠　……ハーッ!!

戦いに向かっていく黄忠。

★

周倉に連れられ、孔明が入ってくる。

孔明　どうされました……。
甘夫人　あの人と一緒にいたくはありません。孔明、私はあなたを愛しています。
孔明　……奥方様。
甘夫人　気づいて、いたでしょう？
孔明　いえ……。
甘夫人　私の想いを、分かってください。お願い……孔明。
孔明　……。

甘夫人は悲しみに触れ、隠し持っていた短剣を胸に突き刺そうとする。
その手を取る孔明に、甘夫人が抱きつく。
甘夫人は、操られている。

甘夫人　あは。引っかかった。

虫夏が出てくる。

虫夏　しかとするからだよおまえが。
甘夫人　だからやったのさ。この女の気持ちに気づいていただろ？
孔明　……おまえ。
虫・甘　やーっと喋った。

張郃、趙雲が飛び込んでくる。

趙雲　奥方様……！
虫夏　これで劉備んとこの女に触った。
甘夫人　触れた者の命を奪う。
虫・甘　それがおまえの業だ。
虫夏　誰も助からない、おまえは業を終えられない。だってあの時おまえは酒を飲んでいたから。

虫夏がいなくなり、倒れ込む甘夫人。

趙雲　孔明殿……。
孔明　劉備軍を分断します。
張郃　それしかないだろうな……。
趙雲　……。
孔明　趙雲殿、奥方様をお願いします。愛しているなら、守ってあげてください。
甘夫人　私は……。
趙雲　阿斗様をお連れします。あなたを守りたい。

甘夫人の手を引く趙雲。

張郃　長坂まで、もうすぐだ。

歩き出す孔明、後に張郃が続いていく。

★

曹操が歩き出していく。

荀彧　何処へ行かれるのですか？
曹操　参加せんとつまらんだろう。

荀彧　死んだらどうします？
曹操　全うしたという事だ。
荀彧　業を終えたという事……ですか？
曹操　おまえは本当に頭が良い。

曹仁が飛び込んでくる。

曹仁　荀彧‼　あの張飛ってのは中々やりやがる‼　まともにやりゃ、兵を無駄に減らすだけだぞ。

張飛が武勇を奮っている。

荀彧　そうですねぇ。
曹操　行っとく？
荀彧　行っときますか？
曹仁　この状況下で何の話をしとるんだ馬鹿もんが‼

張飛の前に楽進が現れる。

張飛　孔明さん‼　順調ですよ。
楽進　張飛……お疲れ。一杯やりましょう。
張飛　……いいんですか？
楽進　ああ。おまえは頑張ってる。
張飛　やったあ‼　あれ……なんか、孔明さん小さくなった気がしません？
楽進　遠近感の問題だよ。
張飛　ああ……。

張飛と楽進が出ていく。

曹操　……役に立った。
曹仁　馬鹿ばっかりだ馬鹿もんが‼　曹操‼　おまえが前線に出るのは許さんぞ。
曹操　そう言うな。
曹仁　黙ってても天下は来るんだぞ‼
曹操　それじゃつまらんだろ。

出ていく曹操。

荀彧　丞相に刃向った。と。

曹仁　どうでもいい!!
荀彧　プラス千点です。止めてやってください。
曹仁　荀彧……。
荀彧　まだ業を終えられては困るんですよ。趙雲には許褚!!

走り出す曹仁。

★

趙雲が阿斗を連れた甘夫人を連れて走っている。
戦う趙雲。

趙雲　もうすぐです。
甘夫人　ごめんなさい……。
趙雲　いいえ、私は幸せです。

許褚が現れ、趙雲に襲いかかる。
戦っていくが、徐々に押されていく。

★

魯粛に連れられ、劉備、孔明、張部が行軍している。

張郃　……私は殿《しんがり》につく。
劉備　おいちょっと……
孔明　分かりました。
張郃　魯粛……と、言ったな。
魯粛　はい。
張郃　孔明を生かせ。それが全てだ。
魯粛　分かりました。
張郃　……孔明、あの謎かけに私は嘘をついていた。
孔明　嘘？
張郃　自分が死ぬほど愛しているものを守りたい。それ以外のものはいらん。
孔明　……。
張郃　意味は、再び逢えた時に話そう。
劉備　おい。

反対の方向へ歩き出す張郃。
行軍は続いていく。

★

関平が戦っている。

荀彧　関平には夏侯淵!!

関平を斬り刻んでいく夏侯淵。

夏侯淵　さっさと死ねやこら。

倒れる間際、黄忠がそれを救う。

関平　あなたは……。
黄忠　この馬鹿もんが……!!　おめぇは父から守るようにと言われてんだろ!!
関平　……はい!!
黄忠　行けや!!
夏侯淵　なんだてめぇ!!

夏侯淵VS黄忠。
徐々に押していく夏侯淵。
曹操が出てきて斬り刻む。

黄忠　貴様……。

曹操　次に会う時は殺すと言った筈だ。
夏侯淵　手出すな曹操。
曹操　ならさっさとせい。前線にあがるぞ。
夏侯淵　当たり前だ!!

夏侯淵が斬り刻んでいくが、黄忠は倒れない。
最後の一撃を振り絞って、夏侯淵を斬る。

黄忠　簡単に死ねねえんだよ、御大将の分まで持ってんだ。
荊州は渡さんぞ!!
夏侯淵　……おまえ……。
黄忠　女……!!　五十年早いわ!!

黄忠は傷つきながらその場を離れていく。

夏侯淵　曹操……なんだこれ……胸が痛い……ドキドキする。
曹操　夏侯淵、それが恋だ。
夏侯淵　そうなのか――!!

感銘を受ける夏侯淵。

曹操　さ、行くぞ。本当におまえの趣味は変わってる。

夏侯淵を連れその場を離れる曹操。

★

趙雲が甘夫人を連れ、必死に許褚と戦っている。

趙雲　くっ……。
許褚　楽しくねえぞ王さん、こんなの。
甘夫人　趙雲……。
趙雲　大丈夫です。あなたはしっかりと阿斗様を……。
許褚　こんなの戦じゃないや!!

許褚を斬る張遼。

張遼　探してるんだけどな、張部を。
許褚　おまえ……。
張遼　助けてやるから、居場所を教えてくれ。

趙雲　ふざけるな。
張遼　いきなりでっけえのと当たっちまったよ。

張遼VS許褚。
趙雲が甘夫人を連れ、その場を離れていく。

★

――長坂。
楽進と張飛が歩いている。

荀彧　張飛には楽進、そして――
楽進　さあ、心ゆくまで飲もうじゃないか。
張飛　孔明さんの酒を？
楽進　ああ。私の自慢の酒だ。
張飛　やったあ‼

楽進がその隙に襲いかかるが、張飛は一刀のもとに斬り伏せる。

張飛　この馬鹿たれが‼　騙されると思ったか⁉　この馬鹿‼
楽進　何で？

張飛　孔明さんはな‼　自分の酒はくれねえんだよ‼　そこだけせこいんだ‼　くれるわけねえだろうが馬鹿たれが‼

楽進　ええ……。

張飛　さあやろうや、殿は俺が引き継いだ。曹操軍、一歩たりともここを通しゃしねえよ‼

――橋を斬り落とす張飛。

滝のように水が流れていく。

曹操軍が襲いかかるが、張飛は一歩足りともそこを通さない。

張飛　さあ、次はどいつだ。絶対に通しゃしねえよ。兄ぃは俺が守……

夏侯惇が張飛を斬り刻む。

荀彧　そして長坂本陣に、夏侯惇――！

夏侯惇　いい太刀筋だ。うちの連中も敵わねえだろうな。

張飛　最後まで言わせろや……兄ぃは俺が守……

夏侯惇が斬り刻む。

倒れる張飛。

夏侯惇　先へ進むぞ。俺にも馴染みがいるんでな。
張飛　……兄ぃは守るんだぁーーー‼

張飛は、必死に立ち上がり、
夏侯惇は笑い、自らの兵に向かって、

夏侯惇　おまえら、俺一人で行く。ついて来たきゃこの馬鹿斬ってこい。できなきゃ、剣持つ資格ねえぞ。
張飛　おりゃあああああ‼

夏侯惇が去っていく。
倒れながら必死に戦っていく張飛。
力尽き倒れようとする時に、張郃が割って入る。

張郃　男が一度吐いた言葉には、責任を持て。
張飛　……あんた。
張郃　急げ。曹操軍は追い着くぞ。大将を守ってやれ。
張飛　ここは俺が……

張部　長江まで行けば、責任は呉が持とう。それまで踏ん張ってみろ。
張飛　……。
張部　急げ‼

張飛の代わりに張部が戦っていく。

張部　私の業は殺す事なんでな、都合が良い。

魯粛が共に戦い始める。
戦い続ける張部。
戦うが咳き込む隙に斬られていく。

張部　何故おまえがここに来る？
魯粛　あなたに死なれたら、それこそ我らの未来がありません‼
張部　ここで死ねるか、私には約束がある。

戦い続ける張部。

★

劉備と孔明が必死に行軍をしている。

★
ぼろぼろの趙雲がいる。
甘夫人を連れているが、倒れ込む。

甘夫人　趙雲……もう少しよ。
趙雲　分かっています。
甘夫人　泣かないの阿斗。趙雲が頑張っているのよ、この人みたいな男になりなさい。ねえ趙雲、抱いてください。

趙雲に阿斗を渡す甘夫人。

甘夫人　ねえ趙雲。私ね……恋をしてしまったの。
趙雲　知っています……。
甘夫人　それでもあなた達に出逢えた事は、幸せね。
趙雲　はい。
甘夫人　この子がそんな人に出逢えるように、趙雲。見守ってあげてください。

甘夫人は自らに剣を突き刺す。

趙雲　奥方様……‼

甘夫人　……この子を守る為よ……そしてあなたに守ってもらう為に。

趙雲　奥方様……。

甘夫人　あの人に伝えてください。立派に守って頂いたと……お願いね。

息絶える甘夫人。

趙雲　……私も……私もあなたに……恋をしていました‼

阿斗を抱え、戦い続ける趙雲。

★

許褚と戦っている張遼。
その中に楽進、曹仁が加わる。
ぼろぼろにされていく張遼。
曹操が入ってくる。

曹操　やめておけ。

許褚　なんでだ？

曹操　おまえの器はこれか？　張遼。

張遼　ふざけるなよ。
曹操　殺したいのは俺だろ。外様は武も外様のままか?
張遼　殺してやるよ……。
許褚　おい!!
曹操　ついてこい張遼。おまえ一人でいい。
曹仁　孟徳!!
曹操　全員、戻れ。
許褚　王さん。
曹操　楽しまずに楽しむ。許褚、次の言葉だぞ。

曹操についていく張遼。

★

——場面は長坂・本陣。

孔明　良く……頑張ってくれました。
劉備　もう無理だ……一歩も歩けん。
孔明　この長江で関羽様の援軍を待ちます。それで全てです。
劉備　来なかったら……。
孔明　私たちの天運は尽きた、という事です。

虫夏がいる。

虫夏　とっくに尽きてるよ劉備。なあ孔明。
孔明　……。
虫夏　劉備が死ぬから、あんたに触れたおかげで。なあ孔明……甘夫人も死んだぞ。
　　　やっぱり業は背負えない。毒を食らって死ねば良かったのさ。
孔明　……黙りなさい。
虫夏　何度も言ってる黙らない‼　天下の才を揮うのさ‼　業の代わりに……
劉備　黙れ……‼
虫夏　え……
孔明　劉備様……。
劉備　黙ってろ女。俺は逃げるぞ、天命尽きても逃げまくるぞ。
虫夏　……なんで？
劉備　ほら、俺の龍生九子が言ってるぞ。逢ってはいけないんだろ？
虫夏　……ええ‼

虫夏はいなくなる。

劉備　俺にもいるさ……いつの間にか現れた……業を背負ってるのは俺も同じだ。
孔明　甘はおまえのせいじゃない……あいつの生きざまだ。
劉備　……劉備様。
　　俺が生きなきゃ皆が死ぬ。それが俺の業だ……だから生きるぞ。甘……俺は生きるぞ。

孔明は、「あえて」劉備の手を取る。

孔明　私も同じです。人ですから、あなたを信じます。
劉備　ああ……。

周倉が飛び込んでくる。

周倉　劉備様!!
劉備　周倉、皆は追いついてきたか⁉

駆け寄る劉備を周倉もろとも夏侯惇がぶった斬る。
曹操が入ってくる。

周倉　申し訳……ありません。

夏侯惇　なかなかのものだったぞ劉備、久しぶりだな。
曹操　一歩でも動けば、劉備を斬り落とすぞ、孔明。
孔明　曹操孟徳……ですね。
曹操　おまえに投げかけた問いに答えてもらいたい。
劉備　曹操……曹操……。
曹操　自分を死ぬほど愛しているものと自分が死ぬほど愛しているもの、二つを選べないとしたらおまえはどっちだ?
孔明　愛しているものを守ります。
曹操　一つを選べない。
孔明　愛されるものを守ります。
曹操　一つを選べば二つを殺すぞ。
孔明　……私の答えに、あなたはきっと満足しないでしょう。
曹操　答えよ。

孔明の首に剣を突きつける曹操。

孔明　答えは出ません。
曹操　下らんぞ孔明。
孔明　だから……

曹操　殺せ‼

夏侯惇が劉備に振り下ろした瞬間――。
趙雲、張飛、関平が割って受け止める。

孔明　友を頼ります。一人ではない。

――曹操の首元に張郃が刀を突きつけている。

張郃　そして新たな守れるものを増やす。三つにすれば、謎かけも変わる。
そう説くか諸葛孔明――。

孔明　……はい。

笑う孔明。

夏侯惇　動けんぞ孟徳。やられたんじゃねえのか……？
張郃　どうする？　このまま死ぬか？
夏侯惇　呉の「周瑜公僅《しゅうゆこうきん》」……おまえだろ？
劉備　こいつが……

――その名は、張郃と呼ばれた女の名である。

夏侯惇　離せや。俺達の負けだ。

趙雲　……劉備様。

阿斗を渡し、構える趙雲。

劉備　何も言うな……趙雲。

張郃　呉は曹操ではなく、劉備につく。そうだな、魯粛。

魯粛　……はい。

夏侯惇　撤退するぞ、曹操。

曹操　……見事な謎かけだな孔明。

孔明　いえ、酒を飲みたかったですよ。

張飛　……ふざけるなよこのやろう!!

曹操に斬りかかる瞬間――張遼がそれを受ける。

張遼　こいつ殺すのは俺なんだよくそ野郎。横取りしたら八つ裂きにするぞ。

曹操　外様にしては本気だな。
夏侯惇　出て来い。

曹操軍全軍が立ちはだかる。

趙雲　おまえら……
許褚　次の言葉を貰ってないぞ。
曹操　俺もまだまだだ。荀彧。
荀彧　えー完敗です。
張郃　どうするんだ孔明、三つが揃ったぞ。

関羽の援軍が進軍していく。

趙雲　関羽……!!
孔明　また新たな謎かけを……どうやら生まれ変わりの時間です。

舞台ゆっくりと暗くなっていく。

EPILOGUE

孔明が酒を見つめている。
入ってくる張郃。

孔明　……付き合いますか？
張郃　いいや。孔明、いつから気づいていた？
孔明　何がですか？
張郃　私が周瑜だという事を。
孔明　さあ……あなたには大変だったでしょうね……。
張郃　何がだ？
孔明　呉の孫策《そんさく》様が立てた志は、誰も殺さない事。全ての民を生かす為に命を注ぐ。
そうでしょう？
張郃　……やはりまだおまえには敵わん。呉の軍師としては恥ずかしい。
孔明　そんな事はありませんよ。
張郃　まだ死ねん。あいつの志を、孫権に伝えきるまでは……。

孔明　……。
張郃　私の愛した男の、志だ。
孔明　きっと幸せですよ、業を終えても、天から見ている。
張郃　……ひとつ、いいか。
孔明　はい。
張郃　ここを乗り切ったんだ。何故酒を飲む。そして始まりも……
孔明　先を考えていたんですよ。だが、どうやってもあの曹操軍に勝てる策が、見つからないものですから。
張郃　気持ちは分かる。
孔明　たぶん次は……
張郃　赤壁だ。

笑う二人。
――虫夏が入ってくる。

虫夏　笑ってんじゃねえよ。何にも変ってないんだぞ。天下を取ってない。業も背負い切れていない。

見つめる孔明と張郃。

また笑い、孔明は虫夏を見つめる。

孔明　またおまえか。

雨がゆっくりと降ってくる。
その雨の先。
遥か天下を見つめる孔明がいる。

完

あとがき

子供の頃に憧れた漫画や小説や映画は、時を経て大人の喜びになる事があります。僕にとっては三国志がまさにそれで、あの頃断片的に捉えていた自分の英雄像が深く掘り下げられ、その根幹の部分にある「動機」を推理する喜びは、あの当時知る筈もないことだったのだと思います。でもだからこそ、あの子供の頃の熱を！　と、ずっと考えていました。それは実は今でも、僕の作品創造の根底でもあります。

この作品は、二〇一二年、東京の全労済ホール・スペースゼロで上演されたものです。「REINCARNATION」（リインカーネーション）は「転生」を意味する言葉ですが、あえて「RE」を区切った状態でのタイトルになっています。その意味については、この作品では敢えて語られていません。歴史に終わりがないように、描かれた物語にも終わりはないのだと僕は思っています。いつか語れるとしたら、それはこの作品が続いていくという事も意味していて、観客の皆さんに幸せに扱ってもらったという事になります。どうにかお願いしたい気持ちでいっぱい。

物語の主人公であり、業を背負わされる諸葛亮孔明は誰もが知ってる天才軍師です。というよりも、この作品に登場する武将たちは、英雄ばかりであり、歴史という僕らの視点から見れば、「時代に選ばれた」者たちです。その選ばれたものたちが、誰かを選び、そして誰かと手を繋ぐ物語を描きたかった。動乱の中で、繋がなければいけない「手」を探す物語をと。

誰かと心から手を繋ぐと言う行為は、実はとても勇気のいる事なんじゃないかと僕は思います。それが恋人なのか、仲間なのか、それとも敵なのかはわかりませんが、どちらにしても。小さな歴史を振り返ってみれば、僕自身にも、きっとこれを読んでいるあなたにも手を繋ぐ時間があったわけで、そしてそこには様々な「別れ」が同居している気がします。握った手をあの時離さなければ、と思ったとしてもそれは小さな歴史が許してはくれません。僕自身、あの時の「手」を思いだそうとしても、その温もりも、感触もなにも残らぬまま、新しい「小さな歴史」と出逢っていくのです。正解も不正解もわからぬまま、誰かと手を繋ぐという事が、少しずつ怖くも感じています。

でもきっと、その「手」と繋ぐことが、「生まれ変わり」なのだと信じて。

八冊目の戯曲集です。米倉利紀さんという孤高のアーティストで、三国志をやりたいとずっと考えていました。ストレートプレイに挑戦してくださった勇気には深く感謝しています。そして信頼するANDENDLESSメンバーや、中村誠治郎君、広瀬友祐君を始めとする時代を担っていく俳優たちが物語を共に創ってくれました。ありがとう。張遼役で出演してくれた谷口賢志君が、「昔、西田さんと皆で旅行に行った時に、パーキングエリアで二人きりになったんです。たぶん、気まずかっただけだと思うのですが、その時西田さんが、次は三国志をやりたいんだけど、賢志何役やりたい？　と聞いてきたんです」と、教えてくれました。その時の会話も、彼が何役と答えたのかも正直覚えていませんが、無事上演することができて嬉しいです。その時から十年経っていますが、それも僕らの「小さな歴史」ですから。

論創社の森下紀夫さん、関係者の皆さん、ありがとうございました。毎年出すと決めながら、三年ぶりの戯曲集です。感謝以外の何もありません。

そして最後に、劇場に足を運んでくれる皆さん、この戯曲を手にしてくれているあなた。本当に本当にありがとう。もう「手」を繋ぎたいです。ちょっと前にあんなこと書いといてなんですが、そのくらいテンションあがっての、ありがとうです。
「RE—INCARNATION」は続いていく物語だと思っています。僕の中では、全部で五つの物語。それも全て、観客の皆さまとの奇跡があればこそだと思って。その奇跡と出逢う為に、僕の物語の旅は続きます。

二〇一三年七月　「RE—INCARNATION」・「RE—BIRTH」顔合わせの朝に。

西田大輔

【ＳＴＡＦＦ】

脚本・演出・・・・・西田大輔（AND ENDLESS）

演出助手・・・・・・佐久間祐人（Office ENDLESS）
　　　　　　　　　中川えりか（Office ENDLESS）　梅澤良太
舞台監督・・・・・・清水スミカ
舞台監督助手・・・・上村利幸
舞台美術・・・・・・角田知穂
照明・・・・・・・・大波多 秀起（デイライト）
照明助手・・・・・・浜崎亮　宮本京子　木村裕喜
音響・・・・・・・・前田規寛（M.S.W.）
音響効果・・・・・・岩崎大輔（Office ENDLESS）
音楽・・・・・・・・和田俊輔（てらりすと）
歌唱・・・・・・・・新良エツ子（てらりすと）
作曲補・・・・・・・的場英也　入交星士（劇団鹿殺し）

衣装・・・・・・・・瓢子ちあき
衣装助手・・・・・・松浦美幸（Dance Company MKMDC）保坂暁子
ヘアメイク・・・・・新妻佑子
美容協力・・・・・・STEP BY STEP

宣伝美術・・・・・・Flyer-ya
Webデザイン・・・・まめなり　相川秀樹
撮影・・・・・・・・カラーズイマジネーション

協力・・・・・・・・AND ENDLESS　bamboo　bpm　Revifront Artist Management　SOS Entertainments　sTYle72 inc
　　　　　　　　　大沢事務所　エースクルー・エンタテインメント
　　　　　　　　　オスカー　スペースクラフト・エンタテインメント
　　　　　　　　　センスアップ　メインキャスト　礼泉堂
プロデューサー・・・下浦貴敬（Office ENDLESS）　三角大（ダイス）

提携公演・・・・・・全労済ホール／スペース・ゼロ
共催・・・・・・・・ダイス

主催・・・・・・・・Office ENDLESS

全労済ホール／スペース・ゼロ　提携公演
Office ENDLESS Produce vol.9『RE-INCARNATION』

上演期間・・・・・・2012年2月10（金）〜2月19日（日）
上演場所・・・・・・全労済ホール／スペース・ゼロ

【CAST】
諸葛亮孔明・・・・・米倉利紀

趙雲子龍・・・・・・中村誠治郎
張郃儁乂・・・・・・田中良子
夏侯惇元譲・・・・・広瀬友祐
劉備玄徳・・・・・・佐久間祐人
夏侯淵妙才・・・・・サントス・アンナ

甘夫人・・・・・・・甲斐まり恵

張飛益徳・・・・・・村田洋二郎
黄忠漢升・・・・・・赤塚篤紀
虫夏・・・・・・・・猪狩敦子
許褚・・・・・・・・椎名鯛造
張遼文遠・・・・・・谷口賢志
劉表景升　他・・・・塚本拓弥
曹仁子孝・・・・・・杉山健一
楽進文謙　他・・・・竹内諒太
荀彧文若　他・・・・一内侑
魯粛子敬　他・・・・平野雅史

龐徳令明　他・・・・永島真之介
周倉　他・・・・・・石井寛人
李典曼成　他・・・・梅澤良太
蒯越異度　他・・・・青木友成
文聘仲業　他・・・・石田達郎
曹休文烈　他・・・・市森隼
曹洪子廉　他・・・・桑田裕介
于禁文則　他・・・・澤田拓郎
曹純子和　他・・・・内田悠一
関平　他・・・・・・中代雄樹
夏侯恩子雲　他・・・尾関俊和
蔡瑁徳珪　他・・・・本間健大

曹操孟徳・・・・・・西田大輔

西田大輔（にしだ・だいすけ）
1976年生まれ。日本大学芸術学部演劇学科卒業。
1996年、大学の同級生らとAND ENDLESSを旗揚げ。
以降、全作品の作・演出を手掛ける他、映画・TV・アニメ等のシナリオを執筆している。代表作は『美しの水』、『GARNET OPERA』、『FANTASISTA』、『ムーラン・ドゥ・ラ・ギャレット』など。

上演に関する問い合わせ
〒160-0023　東京都新宿区西新宿8-3-1　西新宿GFビル1F
Office ENDLESS　Tel　03-4530-9521
Fax　03-5501-9054

リインカーネーション

2013年 8 月30日　初版第 1 刷発行
2015年 2 月15日　初版第 3 刷発行

著　者　西田大輔
装　丁　サワダミユキ
発行者　森下紀夫
発行所　論　創　社
東京都千代田区神田神保町 2-23　北井ビル
電話 03（3264）5254　振替口座 00160-1-155266
印刷・製本　中央精版印刷
ISBN978-4-8460-1268-7　

〈論　創　社〉

FANTASISTA ◉西田大輔

ギリシャ神話の勝利の女神、ニケ。1863年サモトラケ島の海中から見つかった頭と両腕のない女神像を巡って時空を超えて壮大なる恋愛のサーガが幕を開ける。劇団AND ENDLESS、西田大輔の初の戯曲集。　**本体2000円**

シンクロニシティ・ララバイ◉西田大輔

一人の科学者とその男が造った一体のアンドロイド。そして来るはずのない訪問者。全ての偶然が重なった時、不思議な街に雨が降る。劇団AND ENDLESS、西田大輔の第二戯曲集!!　**本体1600円**

ガーネット オペラ◉西田大輔

戦乱の1582年、織田信長は安土の城に家臣を集め、龍の刻印が記された宝箱を置いた。豊臣秀吉、明智光秀、前田利家…歴史上のオールスターが集結して、命をかけた宝探しが始まる!!　**本体2000円**

オンリー シルバー フィッシュ◉西田大輔

イギリスの片田舎にある古い洋館。ミステリー小説の謎を解いたものだけが集められ、さらなる謎解きを迫られる。過去を振り返る力をもつ魚をめぐる、二つのミステリー戯曲を収録！　**本体2200円**

ゆめゆめ㋙のじ◉西田大輔

幕末の京都を舞台に、桂小五郎、西郷隆盛、坂本龍馬などが登場して繰り広げられる激動の歴史。そのなかで江戸吉原から京にきた遊女たちが創った二つの夜の物語とは⁉　**本体2000円**

Re:ALICE《リアリス》 ◉西田大輔

ハンプティ・ダンプティを名乗る男に誘われ、二人の青年と一人の少女は、不思議な世界へと踏み出す。同時収録にジャンヌ・ダルクをモチーフにしたGOOD-BYE JOURNEY。CLASSICSシリーズ第一弾。　**本体2000円**

美しの水 WHIITE ◉西田大輔

悲劇の英雄・源義経の誕生に、隠された、ひとつの想い。歴史に埋もれた、始まりを告げる者たちの儚い群像劇。保元・平治の乱を背景に、壮大な序幕を告げる『美しの水』と番外編『黄金』を併録。　**本体2000円**

好評発売中